湖南省社会科学成果评审委员会课题"语言模因视域下郴州地方戏曲副词共现研究"（XSP21YBC053）部分成果

湖南省教育厅科学研究优秀青年项目"语言库藏类型学视角下汉语范围副词与否定副词共现研究"（19B530）部分研究成果

湘南学院学术著作资助

明清白话小说范围副词研究

A Study on Range Adverbs of Ming and Qing Fiction in the Vernacular

邓慧爱 著

中国社会科学出版社

图书在版编目（CIP）数据

明清白话小说范围副词研究／邓慧爱著 . —北京：中国社会科学出版社，
2023.7

ISBN 978 - 7 - 5227 - 2274 - 0

Ⅰ.①明…　Ⅱ.①邓…　Ⅲ.①古典小说—副词—研究—中国—明清时代
Ⅳ.①I207.41

中国国家版本馆 CIP 数据核字（2023）第 133799 号

出 版 人	赵剑英	
责任编辑	张　玥	
责任校对	李　莉	
责任印制	戴　宽	

出　　版	中国社会科学出版社	
社　　址	北京鼓楼西大街甲 158 号	
邮　　编	100720	
网　　址	http://www.csspw.cn	
发 行 部	010 - 84083685	
门 市 部	010 - 84029450	
经　　销	新华书店及其他书店	

印刷装订	三河市华骏印务包装有限公司	
版　　次	2023 年 7 月第 1 版	
印　　次	2023 年 7 月第 1 次印刷	

开　　本	710×1000　1/16	
印　　张	12.5	
插　　页	2	
字　　数	160 千字	
定　　价	69.00 元	

凡购买中国社会科学出版社图书，如有质量问题请与本社营销中心联系调换
电话：010 - 84083683

目　　录

第一章

绪　　论

第一节　汉语副词的定义和分类

一　汉语副词的定义

副词的研究一直为语法界普遍关注。自马建忠《马氏文通》（1898）"凡实字以貌动静之容者，曰状字"。关于副词的定义，词性以及分类就一直是大家争论的焦点。著作有黎锦熙《新著国语文法》（1924），杨树达《高等国文法》（1930），吕叔湘《中国文法要略》（1941—1944），王力《中国现代语法》（1943），张志公《汉语知识》（1952），赵元任《汉语口语语法》（1968），朱德熙《语法讲义》（1982），杨伯峻《古汉语语法及其发展》（1992）等。随着研究的不断深入，研究者对副词有了多角度全面的探究，从句法、语义、语用三方面研究副词，更有结合现代汉语、古代汉语、方言等研究副词，著名的有邢福义（1990）"两个三角"理论沈家煊（1994）从国外引入语法化、标记论研究汉语语法等。

从内容上说，有对汉语副词发展某一时期整体的研究，杨伯峻《古汉语语法及其发展》（1992），蒋绍愚、曹广顺《近代汉语语法史研究综述》（2005），杨荣祥《近代汉语副词研究》

（2005）等；也有对某一特定历史时期的专书、专著进行的研究，何乐士的《〈左传〉范围副词》（1994）、唐贤清《〈朱子语类〉副词研究》（2004）、崔立斌《〈孟子〉词类研究》（2004）等；还有对某一个副词或一组副词的研究，周小兵《限定副词"只"和"就"》（1991）、卿显堂《副词"尽情"的形式化标志》（2003），詹卫东《范围副词"都"的语义指向分析》（2004），唐贤清、罗主宾《明清时期副词"真个"的句法表现和主观性分析》（2014）等。同时还有不少的硕士、博士论文是以副词为研究对象的。

通过对整个汉语副词历史的研究，本书从副词的定义、分类几个角度对前人的研究成果进行总结。

从中国第一本语法专著《马氏文通》提出近似现代"副词"的"状字"开始，关于副词的定义一直是众说纷纭。分析起来可两类：

（一）关于副词归属的讨论。按虚实词态度可分为三类：

1. 副词是实词。马建忠《马氏文通》（1898），陈望道《文法简论》（1978），胡裕树主编《现代汉语》（1979），黄伯荣、廖序东主编《现代汉语》（1978）和张静主编《新编现代汉语》（1986）等。

2. 副词是半虚词。王力《中国现代语法》（1943），郭绍虞《汉语语法修辞新探》（1979）等。

3. 副词是虚词。黎锦熙《新著国语文法》（1924），张志公《汉语语法常识》（1953），吕叔湘《中国文法要略》（1957），朱德熙《语法讲义》（1982）等。

（二）关于副词语法功能的讨论。

1. 按副词修饰的成分分两类：

（1）副词只可以修饰动词、形容词，少部分可以修饰部分副词，不修饰体词。吕叔湘（1952），丁声树（1953），黄伯荣、廖序东（1978），胡裕树（1979），朱德熙（1982），李泉（1996）等。

（2）副词可以修饰动词、形容词、副词，还可以修饰体词。赵元任（1968），张静（1961），邢福义（1962），张谊生（1996），唐贤清（2004）等。

2. 按副词在句中充当成分分两类：

（1）副词只能在句中做状语。这一观点很长一段时间为大家所接受，著名的代表有马真（1997），朱德熙（1982），李泉（1996），郭锐（2002）等。

（2）副词主要功能是做状语，还能充当其他的句子成分。吕叔湘（1952），张谊生（1996）等。

因为大家的着眼点不一样，对副词的定义一直争论不休，纵观前贤的种种研究结果，以语法功能和语义两项标准互为参照，我们将副词定义为"对谓词起修饰限制或补充说明作用的虚词"①。

二 汉语副词的分类

由于对副词定义意见不统一，不可避免地造成了分类的不一样。即便有的对副词的定义基本一致，由于出发的角度不同分类也不尽相同。按其分类的依据，我们将其分为三种：

（一）按副词所表示的意义不同来分类：

1. 马建忠（1898）分六类：以指事成之处者；以指事成之时者；以言事之如何成者；以度事成之有如许者；以决事之然与不然者；以传疑难不定之状者。

---

① 唐贤清：《〈朱子语类〉副词研究》，湖南人民出版社2004年版，第4页。

2. 黎锦熙（1924）分六类：时间、地位、状态、数量、否定、疑问。

3. 杨树达（1930）分十类：表态副词、表数副词、表时间副词、表地副词、否定副词、询问副词、传疑副词、应对副词、命令副词、表敬副词。

4. 吕叔湘（1941—1944）分为八类：范围、语气、否定、时间、情态、程度、语气、肯定和否定。

5. 王力（1943）分为八类：程度、范围、时间、方式、可能性和必要性、否定、语气、关系。

6. 张志公（1979）分六类：表示时间、频率，表示程度，表示范围，表示重复、连续、并列等，表示语气，表示否定、肯定、可能。

（二）按副词的语法功能不同来分：

1. 仅依据副词的语法功能分的：

（1）吕叔湘（1979）分为八类：范围副词、语气副词、否定副词、时间副词、情态副词、程度副词、处所副词、疑问副词。

（2）朱德熙（1982）分为五类：重叠式、范围、程度、时间、否定。

（3）杨荣祥（1999）分为十一类：总括副词、统计副词、限定副词、类同副词、程度副词、时间副词、重复副词、累加副词、情状方式副词、语气副词、否定副词。

2. 意义功能结合语法功能分的：

（1）李泉（1996）分七类：程度副词、范围副词、时间副词、否定副词、方式副词、语气副词、关联副词。

（2）张谊生（2000）分三类：描摹性副词，评注性副词，限制性副词。

（3）赖先刚（2000）分两类：词族副词，非词族副词。

3. 按副词的语用功能来分：

杨亦鸣（2003）分两类：静态副词（单项前指副词、单项后指副词和单项定指副词），动态副词（多项双指副词、多项前指副词和多项后指副词）。

对副词地再分类因其侧重点不一样，得出的结论也各式各样。同一个副词，不同的人也有不同的分类。我们认为确定副词的次类别，要将意义和功能结合起来，相互印证，分析其特殊的语用环境，再确定某一副词因属于哪一类别。

副词分类因研究者侧重点差异而不同，即便是共有同一次类名称，其间所包括的成员也有有差别。本书认为副词的分类，既要结合语义和语法功能，还要充分考虑语用因素，将副词置于某一特定历史时期，分析其使用的语境，用统一的分类标准，最终确定特定时期的副词的分类。

依据以上的原则我们将明清时期的副词分为：范围副词、时间副词、程度副词、语气副词、情状方式副词、否定副词。

第二节　汉语范围副词的定义和分类

一　范围副词的定义

从上面对各家副词分类的描述中，我们可以看到有几类副词在分类中一般都存在，范围副词就是其中之一。《现代汉语词典》对"范围"的解释分名词和动词：①名词，周围界限；②动词，限制；概括。不管是名词还是动词都有一个表"限定"的意味，这种"限定"没有统一的尺度，个人的主观性比较强；而且这种"限定"的意味，可以是一种范围的限定，也可以是一种程度的限定，亦可是对时间的限定，还可以是一种语气的限定。这直接造成了虽然很多人在将副词分类时都有范围副词，但其具体所包括的副词不都一样。

范围副词的划分主观性强，而且汉语中又存在同一个词可以具备几类副词功能的情况，这给范围副词的研究带来了不少的麻烦。要对汉语范围副词进行研究，首先要确立范围副词的具体标准。

本书总结各家之说，结合副词本身语义、语法功能等，将汉语范围副词确立的标准整理如下：

从意义上说，范围副词是总括或限定范围的大小、数量的多少，或者谓语本身指称范围数量等。它既不表示语气的强弱，也不表示程度的高低。

从语义指向说，范围副词语义的指向可指向其前的主语也可指向其后的述语。

从其搭配来说，范围副词可接形容词、动词、数量词、介词、名词。

从所处的句中位置来说，范围副词可在主语前，也可在主语后谓语前。

本书将范围副词定义为：范围副词是对谓语的范围数量或对主语、宾语与谓语相互关联的范围或数量加以总括或限定等，位于主谓之间或句首的副词。

二 范围副词的分类

由于范围副词划分的主观性，加上其内部本身存在差异。多年来，学界对其划分次类的学者不多，有对其次类进行划分者也是仁者见仁，智者见智。代表的有：

（一）分两类：

以朱德熙（1982）等为代表，将范围副词分为标举它前边的词语的范围和标举它后面的词语的范围的两类。

（二）分三类：

1. 以李运熹（1993）、钱兢（1999）等为代表，将范围副词分为总括类、限制类、外加类。

2. 以肖奚强（2003）为代表，将范围副词分为超范围副词、等同范围副词和子范围副词。

3. 以唐贤清（2004）为代表，将范围副词分为表总括、表限定、表类同。

（三）分多类：

以张谊生（2001）为代表的研究者，根据不同的标准对现代汉语副词进行多角度的考察，依据表义功能，分为统括性范围副词、唯一性范围副词和限制性范围副词；依据句法功能分为附体范围副词和附谓范围副词；依据语义分为前指范围副词与后指范围副词、单指范围副词与多指范围副词、实指范围副词与虚指范围副词。

综合各家之言，依据范围副词的语义、语用和语法功能差异，我们将范围副词分为表总括、表限定、表类同和表统计四类。

表总括范围副词语义特征为表总括无例外。语义指向多为主语，亦可指向其他的成分，如宾语、状语、谓语所表示的性状本身等。明清时期的总括范围副词指向宾语，没有现代汉语的限制（马真，1983）。这类范围副词能修饰动词或动词短语、形容词或形容词短语，部分可修饰名词或名词短语、数量名短语。

表限定范围副词语义特征为对事物的范围、数量或动作行为的限定。语义指向可以是谓语动词自身，亦可是主语、宾语和定语。可以修饰动词或动词短语、名词或名词短语和数量名短语。其中数量名短语所含数量可以大于"一"，也可以是"一"，是

"一"时可以隐含不现。

表类同范围副词语义特征为表示类同。语义指向可以是谓语中心词的关联项，也可是谓语中心词。这类词能修饰动词或动词短语、形容词或形容词短语，不能修饰数量名短语。

表统计范围副词语义特征为对动作次数或事物数量的统计。语义指向句中的名词或名词短语。直接用于主语前，修饰动词或动词短语、名词或名词短语和数量名短语，修饰动词或动词短语时他们必须带上一个名词宾语，数量名词短语所含数量大于"一"。

第三节　范围副词与其他类副词的区分

范围副词范畴并不是独立封闭的，它与副词其他种类范畴存在交集，其自身成员有不少都是兼有几种副词属性的词。要深入研究范围副词，有必要将它与其他类副词区分开来。因否定副词范畴相对封闭，其与范围副词共有的成员我们可以简单地从意义的角度加以区分，这里不加区别。

一　范围副词与程度副词的区分

范围副词和程度副词都有一个共同的语义基础就是都包含有"限定"的意义。从形成他们虚化的角度而言，实词从"量"的角度虚化易形成范围副词，而从"度"角度虚化更易形成程度副词。范围副词是对其修饰成分的范围的限定，被修饰的成分具有很强的范围性；而程度副词是对程度的限定，被修饰成分有很强的程度性。二者都可以修饰动词或动词短语、形容词或形容词短语和部分的名词或名词短语，但程度副词不能修饰数量名短语，范围副词可以。如：

1. 这家私少也挣几年，这家私轻也抵万家。一时间，挥手多丢下。（明 凌濛初《北红拂》第三出）

2. 这要在内城住，出趟前门，可费什么呢？姐姐想，从这里去，这是多远道儿！（清 文康《儿女英雄传》第二六回）

例1动词"丢"也没有程度性，其后面承前省略了"多"的总括对象"这家私"，这里的"多"应该看成范围副词。例2结合前面的语境，强调的是"远"的程度，这里的"多"是程度副词。

在句中共现时的顺序范围副词在前而程度副词在后。在语篇上，当这两种副词在一起连用的时候范围副词比程度副词的辖域更宽。如：

3. 众人因在府城住了二十多日，听说家去，都甚喜欢。（明 西周生《醒世姻缘传》第三十七回）

二 范围副词与情状方式副词的区别

范围副词是对其修饰成分范围的限定，情状方式副词是对其修饰成分方式状态的限定。从语法化的程度看，情状方式副词的意义更偏向实词。

在被修饰成分的语法属性选择上，范围副词可以修饰动词、动词短语、名词、名词短语、形容词、形容词短语以及数量词，情状方式副词只能修饰动词和动词短语。如：

1. 他每日送他鲤鱼一尾，他就袖传一课，教他百下百着，若依此等算准，却不将水族尽情打了。（明 吴承恩《西游记》第九回）

2. 你莫害怕，有何意见，只管向我尽情说。就说的不是些，不听你就罢了，有何妨碍！（清 李百川《绿野仙踪》第三十回）

例1"尽情"表全部语义前指，强调的是"水族"几乎都被打捞，这里的"尽情"应看作范围副词。例2"尽情"表示的是一种从意所欲无拘无束的一种状态，强调的是以什么样的状态"说"。这里的"尽情"为情状方式副词。

在句中共现时二者线性顺序一般为"范围副词＋情状副词"，杨荣祥《近代汉语副词研究》（2005）指出"也有少数'情状副词→总括'的语序，如'一齐都，一一都'之类"。但也有学者指出"一一"还有作范围副词的用法。我们综合考虑语义、语法和语用三方面因素，认为还是将这一类词归入情状方式副词更为妥当。在语篇上，当这两个副词共现时，范围副词比情状方式副词管辖域广。如：

3. 特共举年高有德之人为塾掌，专为训课子弟。如今宝秦二人来了，一一的都互相拜见过，读起书来。（清 曹雪芹《红楼梦》第九回）

三 范围副词与时间副词的区别

范围副词和时间副词在语义上有各自不同的侧重点，范围副词更多的是一种空间的限制，后者则如王力先生《中国现代语法》（1943）所说"时间概念"。从虚化的程度看，时间副词更虚。在被修饰成分的选择上，两者都可以修饰动词和动词短语，不同的是前者修饰动词或动词短语强调的是一种范围，而后者修饰动词强调在一定时间里的变化。除了表持续的时间副词，这一类一般不修饰形容词，部分可以修饰句子成分和表示发展变化的数量名词。如：

例1. 吾今父亲已死，田产俱无，刚剩得我与青箱两人，别无倚靠。（明 凌濛初《二刻拍案惊奇》卷十一）

例2. 鹿皮大仙起在云里，无计可施。刚要取出葫芦来，黄凤

仙早就看见了，高叫道："那贼道又在那里要弄喧，要吹甚么葫芦哩！"（明 罗懋登《三宝太监西洋记》第六十九回）

例1"刚"语义后指，强调的是"我与青箱两人"，为表限定范围副词。例2"刚"强调的是动作"取出"正在进行，为时间副词。

句中同时出现一般表类同和表总括范围副词在时间副词之前，而表统计和表限定总括副词在时间副词之后。在语篇上，当两者共现时，时间副词比表类同和总括的范围副词管辖域小，比表统计和限定的范围副词管辖域大。如：

例3. 你这些畜生，还说你有德有行，你们七世前都是个人身，都曾放火烧人房屋，已经七世变畜生，不离汤火之灾，冤业尚然未满，却又生这一场赛星飞来烧你，今番却得了人身。（明 罗懋登《三宝太监西洋记》第九十回）

例4. 袭人想了想，笑了一笑道："这个我也猜不着。但只刚才说这些话时，林姑娘在跟前没有？"（清 曹雪芹《红楼梦》第八十五回）

四 范围副词与语气副词的区别

范围副词强调的是对范围和数量的限制。关于语气副词，王力先生《汉语语法纲要》（1957）中描述为"表示全句所带的情绪的"。后者更多强调说话者的态度和情感，主观性强。就虚化程度而言，后者较前者更偏虚。在对被修饰成分的选择上，两者都可以修饰动词和动词短语，形容词和形容词短语，语气副词一般不修饰名词或名词词组。如：

例1. 黄金买笑，无非公子王孙；红袖邀欢，都是妖姿丽色。（明 冯梦龙《警世通言》第二十四卷）

例2. 目下单说这梅飏仁中举之后，接到他父亲从英国寄回来

的家信，自然有一番欢喜说话；接着又勉励他，无非叫他潜心举业，预备明年会试。（清　李伯元《官场现形记》第五十四回）

例1"无非"修饰名词"公子王孙"，为表限定的范围副词。例2"无非"修饰动词"叫"，表达一种强调语气，如果将其省略语气减弱但并不影响对全句意义的理解，为语气副词。

两种副词同时出现在同一句中语气副词在前范围副词在后。在语篇上，语气副词的管辖域比范围副词的大。如：

例3. 伙计暗中告诉掌柜的说："一个穷和尚同着一个光眼子的，又来了两个怯货，大概都是没钱。"（清　《济公全传》第六十七回）

第四节　明清白话小说范围副词研究现状及存在的问题

一　明清白话小说产生和语言学研究价值

（一）明清白话小说的产生

我国文学发展史的每一时期都有属于自己的特色文学形式：唐朝的诗歌、宋朝的词、明清的小说。所谓特色的文学形式并不是说这一时期只有这一种形式，而是在众多的文学形式中它是最具时代代表色彩的。而特色文学形式的凸显，必然在不同于其他时期特定的基础上产生，明清白话小说的凸显也有着独特的经济、政治、文化背景、语言接触背景。

经济上，明清时期出现市民阶层甚至产生了一批富商巨贾。明代谢肇淛的《五杂俎》卷四中有："富室之称雄者，江南则推新安，江北则推山右。新安大贾，鱼盐为业，藏镪有至百万者，其他二三十万则中贾耳。山右或盐或丝，或转贩，或窖粟，其富甚于新安。"传统的"士农工商"中的"商",已不再被排在末位,"士商常相混",亦商亦儒,甚至弃儒从商,在一些商帮崛起的地方,似乎成了普遍的趋势。

经济基础决定上层建筑。随着经济地位越来越高,市民的价值观开始发生变化,传统的"士农工商"观念开始改变,"商"的地位提高,也开始在政治上形成自己的力量。天启六年(1626),魏忠贤又派爪牙到苏州逮捕周顺昌,苏州市民群情激愤,奋起反抗,发生暴动。事后,阉党大范围搜捕暴动市民,商人颜佩韦等五人为了保护群众,挺身投案,英勇就义,这些都记录在张溥于崇祯元年(1628)的《五人墓碑记》中。还有一些商人是在富足之后弃贾业儒仕进、捐纳为官。

随着经济的发展和政治地位的变化,市民阶级需要有属于自己的文化。在明清以前文化都为上流社会的士大夫阶层所掌握,属于市民文学的小说、戏曲,或是由一些思想开明、接近下层的士大夫代写的,像唐传奇;或是由在科举中名落孙山之人写的,像宋元书会才人所写的作品。到了明代,市民出身的人也可以学习文化,并以此跻身于上流社会。众所周知的小说家冯梦龙(1574—1646)本是寒门出身,蒲松龄(1640—1715)是商人之子;思想家李贽(1572—1602)是外贸商人的子弟;还有集作家与出版商为一身如熊大木(生卒年不详)、余象斗(生卒年不详)等。这些人都是市民阶层在文化上的发言人,尤其是最后的作家兼出版商的这一类人为明清白话小说的传播提供了便利条件。

明清时期与其他历史时期相比,满族、蒙古族等北方各民族空前规模的迁徙是一重要特点。这一时期,女真、满族蒙古族南迁,关内流民大量北移,直接造成了各民族的杂居局面,也为民族之间的语言文字相互融合提供了便利的条件,尤其是在清代满族实现了对中国几百年的统治,在其统治期内,很长时间都不遗余力的推广满语。虽然最终是汉语占了上风，但在汉语中还是保留了一些女真文、满文等的部分词语。

（二）明清白话小说语言研究价值

明清时期白话小说是市民阶层的文化产物，必然要求能为市民阶层所理解和掌握。因此传统的文言文形式被放弃，当时人们所通行的语言形式——"官话"成为首选，这为我们描述当时的语言实际使用情况提供了可能。

关于明清时期的通用口语"官话"，学者们的意见并不统一，有人认为是北京话为主，有认为是南京话为主，有认为是洛阳话为主，还有人认为没有明显的方言作依据，其音系结构具有很大的弹性①。我们觉得"官话"是明清时期能够为大部分民众所熟知的一种语言形式，是相对的而不是绝对的概念。当时所谓"官话"并没有像如今一样有强大和便利的媒体传播系统，而中国地域广阔，各地方言众多，交通不便等客观条件很难形成像现如今普通话被广泛统一推广的局面。

"官话"传播的局限性，造成了以"官话"为主要记录形式白话小说的语言特色"杂"。"杂"不是杂乱无章，是其中可能包括了两种甚至多种的方言，有的还夹杂满语、蒙语等，更有甚者会有夹杂外来词汇。创作者出身地方言和长期所在地方言在白话小说中的体现亦不容忽视。明清时期白话小说的"官话"，是近代汉语研究的重要语料，学者们一直以来都很重视，它的研究对构建完整的汉语史研究体系有重大的意义。

二　明清白话小说范围副词研究现状

明清白话小说中的范围副词既有对上古、中古范围副词的继

---

① 张玉来：《明清时代汉语官话的社会使用状况》，《语言教学与研究》2010 年第 1 期。

承,又有新的发展。既有原来范围副词的消亡,又有新的词语的产生。这里的范围副词还有一个显著的特点就是方言性特别强,部分范围副词只出现在特定方言区的作品中,这要求我们进行研究时要特别的关注。目前,学者们对上古、中古出现的范围副词研究多,对近代才出现的研究较少。且在这些研究当中对表总括的范围副词研究较多,对另外的次类研究的较少。明清白话小说范围副词的研究,要求对明清时期众多白话小说中出现的范围副词有一个总体的把握。目前,这一研究主要还是集中在共时平面,开始了将共时研究和历时研究相结合的尝试,开始利用国外新的语言学理论结合汉语范围副词自身特点的探索。总结前人研究的成果,可以分为以下几个方面:

(一)单个词语的研究

对单个词语的研究又可分为两种:一种是词典中对单个副词的解释;另一种是论文或语法著作中对单个副词的研究。

1. 辞典工具书中的论述

袁仁林(1710)《虚字说》、刘淇(1711)《助字辨略》、杨树达(1954)《词诠》、裴学海(1954)《古书虚词例释》、杨伯峻(1981)《古汉语虚词》,何乐士(1985)《古汉语虚词通释》,谢纪锋(1992)编纂《虚词诂林》,王海棻等人(1996)所编《古汉语虚词词典》,中国社科院语言所古汉语室(1999)编著《古代汉语虚词词典》,王叔岷(2007)《古籍虚字广义》都是研究虚词的辞典,其中都有对词语作范围副词的解释。但这些词典的论述是没有时代界定的,只是表示在整个汉语史中出现的用法。还有一些辞典是专门针对明清时期研究的成果,胡竹安(1989)《水浒传词典》,许宝华、宫田一郎(2005)《明清吴语词典》等。

这些辞典都有对词语作范围副词的论述,但这里没有对其最早出现时期的描述，对其在各个时期的变化也没有具体的描述，可以说只是一个笼统的说明。除去后面提到的针对明清时期的其他辞典可以作为研究任何一个时期范围副词的工具书，但学者们的辞书为我们提供了研究的工具。

2. 论文和语法论著中的论述

关于"皆"的研究王力（1987）《同源字典》、段德林（1992）《"皆"类副词考略》、沈培（1992）《殷墟甲骨卜辞语序研究》、方述鑫等（1993）《甲骨金文字典》、张玉金（1994）《甲骨文虚词词典》、徐中舒（1995）主编《甲骨文字典》、李宗江（1998）《汉语总括副词的来源和演变》、吴福祥（1996）《敦煌变文语法研究》、李曦（2004）《殷墟卜辞语法》、武振玉（2006）博士论文《两周金文词类研究（虚词篇）》、宋云凤（2007）《古代汉语总括范围副词语义义源浅探》等都做了一定的工作。关于"皆"作副词的语义来源。王力指出"皆，偕"本为一词，后来加以区别，动词作"偕"，副词作"皆"；段德林依据《说文解字注》和《说文解字注笺》的解释认为"皆"本是动词，表示共同在一起，虚化表总括全部。吴福祥认为"皆"的范围副词义来源于表普遍意义的动词；李宗江指出"皆"的范围副词义来源于动词义"在一起"。宋云凤依据《说文解字》和其甲骨文字形，认为其本义为动词"合同"范围副词义也是由此引申而来。关于"皆"作副词义产生的时间，沈培、方述鑫、张金玉、徐中舒、李曦都认为在早在甲骨文时期"皆"就已经有了范围副词的用法。武振玉则认为这一用法产生于战国时期。李宗江论证了这一用法先秦时期已经产生，并对其在各个汉语史时期代表文献中的使用情况做了详细的统计，描述了"皆"从先秦时期在总括范围副词使用总占70%到元明时期只占7%逐渐减少的过程。关于"皆"副词义产生和变化的原因，李宗江利用语法化中的"并存原则""择一原则"做了详细的解释，认为"皆"的使用减少是由于语义类推的作用，有一批动词变成了副词，在使用过程中逐渐有一个词成为最常用的，因此"皆"在先秦使用中的比例高。但这不是一成不变的，随着系统的新成员增加，竞争还在继续，到后来随着"都"的兴起动摇了"皆"的地位，最后取而代之。关于"皆"的语义指向的变化，段德林和李宗江都指出"皆"在古代既可以指前又可指后，后者还指出到现代汉语中"皆"总括对象前指。

关于"都"的研究　太田辰夫（1987）《中国语历史文法》、解惠全（1987）《谈实词的虚化》、李宗江（1998）《汉语总括副词的来源和演变》、陈宝勤（1998）《副词"都"的产生和发展》、武振玉（2001）《副词"都"的产生和发展》、张谊生（2005）《副词"都"的语法化和主观化——兼论"都"的表达功用和内部分类》、宋云凤（2007）《古代汉语总括范围副词语义义源浅探》等都做了一定的工作。关于"都"作范围副词的语义来源学术界的看法比较一致，都认为"都"本义为名词，义为"有先君宗庙的城邑"，进一步引申为"首都，大都市，民众聚集之地"。"都"作动词也就有了"聚集"义，动词"都"出现在状语的位置概率大，就形成了表总括的范围副词"都"。关于"都"作表总括范围副词形成的时间，张谊生、武振玉、陈宝勤等学者认为这一用法产生于东汉，而向熹等学者则认为其产生于魏晋之后。关于"都"在各个时期的发展，李宗江、陈宝勤、武振玉等学者都有研究。学界基本达成共识的是"都"的范围副词用法的使用频率在宋元时期高于其他的同类词语，到明清时期已经处于绝对的优势地位。关于"都"的语义指向，学界也没有异议，"都"是双指多项副词，元明以后"都"后指情况减少，与现代汉语中"都"的用法基本一致。

纵观学者们对"皆""都"作范围副词研究的成果，这一用法的历史演变已经相当充分，无须再多加论证。

针对明清范围副词研究的论文和论著不少，如包劲珠（2005）《〈儒林外史〉中的副词"都"》、蔺佳影（2010）《〈西游记〉总括范围副词"都""皆"比较研究》等。

（二）多个副词的研究

对多个副词的研究也可分两种：一种是对一本专著或同时期的多个副词的研究，另一种是对多个副词分专题进行研究。

1. 对一本专著或同时期多个副词的研究

有专门针对明清时期某一本白话小说多个副词进行研究的，如杨艳华（2011）《〈型世言〉范围副词研究》、刘蕾（2009）《〈醒世姻缘传〉中总括副词"皆"与"都"简析》等；也有对某一作品整体虚词的论著，其间包含有对范围副词的论述，如许仰民（1999）《论〈金瓶梅词话〉的副词》、香坂顺一著、植田均译、李思明校（1992）《〈水浒〉词汇研究（虚词部分）》、张伟丽（2010）硕士论文《〈西游记〉副词研究》、王群（2001）硕士论文《〈醒世姻缘传〉副词研究》、张震羽（2010）博士论文《〈三言〉副词研究》等；还有论述近代汉语副词的研究其中包括了明清时期的，如杨荣祥（1999）《近代汉语副词简论》，杨荣祥（2005）《近代汉语副词研究》等；还有研究这一时期方言其中包括范围副词研究的，如褚半农（1998）《〈金瓶梅〉中的上海方言研究》，王群（2006）博士论文《明清山东方言副词研究》等。

2. 专题研究

对多个副词分专题进行研究越来越为人们所重视，为我们进行明清时期的副词研究提供了新的视角、新的方法。他们中有对副词主观化专题进行研究的，如褚俊海（2010）博士论文《汉语副词的主观化历程》，杨万斌、许嘉璐（2006）《现代汉语语气副词的主观性和主观化研究》等；有对副词共现进行专题研究的，如荷兰的许理和（1977）《最早的佛经译文中的东汉口语成分》，牛岛德次（1971）《汉语文法论（中代编）》、王海棻（1991）《六朝以后汉语叠架现象举例》、柳士镇（1992）《魏晋南北朝历史语法》、解惠全（1997）《关于虚词复音化的一些问题》、梁晓红（2001）《试论〈正法华经〉中的同义复合副词》、张一定（1987）《关于汉语副词连用》、黄河（1990）《常用副词共现时的顺序》、赖先刚（1994）《副词的连用问题》、张谊生（1996）《副词连用类别和共现顺序》、袁毓林（2002）《多项副词共现的语序原则以及认知原理》、杨荣祥（2004）《近代汉语中副词连用的调查分析》等。

综上所述，明清白话小说范围副词研究吸引了研究者的注意，学者们的研究开始了将明清时期官话、方言和古代汉语相结合研究的尝试，研究角度更多、研究方法更多样化，对本书的研究也提供了很大的帮助。

三　尚存问题

尽管学术界对明清白话小说范围副词已经进行了大量的研究，但还是存在一些不足：

（一）对明清白话小说范围副词的研究平面描写多、解释的少

很多的论文、著述对明清时期作品中出现的范围副词都有精细的描写，对语言现象解释的少，揭示历史演变规律的少，更不用说预测其未来可能的发展动向。

（二）注重共时研究，历时研究重视不足

对某一本书、某一专题的范围副词进行精细研究，但缺乏系统地对明清时期白话小说范围副词历史来源和演变规律的系统

考究。

（三）官话和方言、外来语言的范围副词研究不平衡

在研究明清时期白话小说范围副词时，学者们更多地将眼光集中在对这一时期官话中出现的范围副词的研究，对其中方言和外来语范围副词研究不足，缺乏将三者相结合的研究。

（四）范围副词内部研究不平衡

对范围副词中的单音节副词研究的多，双音节和三音节的副词研究少；对范围副词中的总括副词研究多，其他的次类研究少。

（五）对语言外部因素关注不够

对范围副词的研究多从语言内部的角度考察，对语言之外的因素（语言使用者的认同度、与其他语言接触等）考虑的少。

第五节　理论基础和研究方法

一　理论基础

本书研究的重点是对明清时期白话小说中出现的范围副词做穷尽性的研究，包括对所有出现的范围副词的来源和发展，还包括对这一时期的范围副词次类之间以及范围副词与否定副词的搭配情况进行分析探讨。这要求以认知语言学、语法化、范畴化、语言接触等理论为指导。考察范围副词的来源就要求考虑语法化中的实词虚化理论和语言接触影响等因素；考察范围副词内部此消彼长的发展情况就要求充分利用语法化的七条基本原则（并存原则、歧变原则、择一原则、保持原则、降类原则、滞后原则、频率原则）；考察范围副词同一次类的并用、不同次类的连用以及它与否定副词的连用要求充分利用认知语法的相关理论。

二 研究方法

(一) 共时与历时相结合

本书既有对某一范围副词在明清时期的语义指向、句法分布、语用选择的分析,又有对其历史来源的考究,还有与现代汉语(包括普通话和方言)中的使用情况的对比。

(二) 定性分析与定量分析相结合

本书对明清白话小说中出现的范围副词逐一地分析其历史来源,结合图表,对不同范围副词共现的情况作比较。定性和定量分析有助于我们对不同类型白话小说范围副词使用情况有一个总体的了解。

(三) 描写与解释相结合

本书对语言现象地充分描写是为解释现象打基础。只有对每一个明清白话小说中出现的范围副词做精细的描写,以及其与上中古汉语、现代汉语消长情况的对比研究,才能分析找出出现这些语言现象的原因并做出解释。

(四) 共性研究与个案研究相结合

本书既有对明清白话小说范围副词整体来源以及与其他副词共现情况的总体研究,力求把握总体情况,也有对其中特殊语言现象的分析,寻找有时代特色的案例。

(五) 归纳法、演绎法和溯因推理法相结合

这三种方法属于认知科学普遍的研究方法,他们各有优劣。归纳法是从事实出发,从现象到理论,但因不能归纳穷尽,容易出现遗漏而造成结论的错误。演绎推理结构很严谨,可以保证其结论的科学性,但其前提是不能保证可以解释所有现象。溯因推理在假设的基础上为现象寻求最佳解释,但因为现象的复杂性,假设可以多样化,但不能保证所有推理的正确性。我们在研究语

言现象时，要将这三者结合，大胆假设小心求证，再将所得规律放回语言现象本身加以求证。

第六节　相关问题说明

一　汉语史的分期

汉语历经了几千年发展，要对它深入研究，就需要对各个时期进行研究，由此汉语史的时期划分显得尤为重要。划定分期，方便我们掌握各个时期的语言特征，历史发展的脉络也会更加清晰。由于语言自身发展的渐变性，汉语发展并不和改朝换代的历史发展轨迹完全一致。另外，汉语内部语音、词汇、语法等发展演变快慢有异，学者掌握材料和标准的不同等因素，都会造成汉语史时期划分的区别。因为这不是本书要讨论的重点，在这里不详细论述各家之言。本书综合各家之言，也结合自身研究实际，将汉语史分为四个时期：

（一）先秦到西汉为上古时期；

（二）东汉到魏晋南北朝为中古时期；

（三）隋唐到清为近古时期；

（四）五四以后为现代汉语时期。

二　语料的说明

明清时期白话小说是这一时期的重要代表文学形式，但因为历史的种种原因，有的已经失传或者不完整，加上收集资料的能力有限，本书研究主要基于以下语料进行。（按时间的先后和作者排序）。

元末明初：《水浒传》《三国演义》《三遂平妖传》《粉妆楼》

明代：《醒世恒言》《警世通言》《喻世明言》《三遂平妖传》《石点头》《于少保萃忠全传》《英烈传》《续英烈传》《混唐后传》《古今律条公案》《花阵绮言》《春秋列国志传》《北游记》（《北方真武祖师玄天上帝出身志传》）《南游记》（又名《华光传》即《五显灵官大帝华光天王传》）《封神演义》《大宋中兴通俗演义》（又名《大宋演义中兴英烈传》《武穆王演义》《大宋中兴岳王传》《武穆精忠传》《宋精忠传》《岳武穆王精忠传》《岳鄂武穆王精忠传》《精忠传》）《三教偶拈》《鼓掌绝尘》《包公案之百家公案》《引凤箫》《鼎镌国朝名公神断详刑公案》《隋史遗文》《东西晋演义》（又名《绣象东西晋全志》）《警世阴阳梦》《西游记》《后西游记》《续西游记》《前七国志之孙庞演义》《两汉开国中兴传志》《贪欣误》《七十二朝人物演义》《醋葫芦》《天妃娘妈传》《盘古至唐虞传》《禅真逸史》（又名《残梁外史》《妙相寺全传》）《东度记》《谐佳丽》（又名《风流和尚》）《唐钟馗全传》《廿四尊得道罗汉传》《钟情丽集》《皇明诏令》《皇明诸公案（部分）》《续廉明公案传》（部分）《济颠大师醉菩提全传》《清平山堂话本》《飞剑记》全称《锲唐代吕纯阳得道飞剑记》《晋代许旌阳得道擒蛟铁树记》《唐三藏西游厄释传》《东游记》《金瓶梅》《三宝太监西洋记》《后三国石珠演义》《韩湘子全传》《初刻拍案惊奇》《二刻拍案惊奇》《型世言》《西湖二集》《隋炀帝艳史》《辽海丹忠录》《归莲梦》《残唐五代史演义》《梼杌闲评》《醒名花》《豆棚闲话》《杜骗新书》《西游补》《人间乐》《醒风流》（全称《醒风流传奇》）《禅真后史》《海刚峰先生居官公案传》

明末清初：《醉醒石》《平山冷燕》（又名《四才子书》）《醒世姻缘传》《生花梦》《闪电窗》《白圭志》《巧联珠》《台湾外记》《灯月缘》

　　清代:《风流悟》《牧斋初学集》《万花楼》(全称《万花楼杨包狄演义》,又名《大宋杨家将文武曲星包公狄青初传》)《水浒后传》《儿女英雄传》《绣鞋记》《燕子笺》《瑶华传》《娱目醒心编》《好逑传》(又名《侠义风月传》)《玉双鱼》《载阳堂意外缘》《斩鬼传》《草木春秋演义》《常言道》《春柳莺》《春秋配》《续济公传》《儒林外史》《痴人福》《反唐演义全传》《世无匹》《比目鱼》《锋剑春秋》《换夫妻》《换嫁衣》《风月梦》《海游记》《合浦珠》《红楼影梦》《红楼圆梦》《鬼谷四友志》《鬼神传终须报》《海角遗编》《连城璧》《两交婚小传》《疗妒缘》《林兰香》《都是幻》《飞花艳想》《幻中真》《蕉叶帕》《金兰筏》《后宋慈云走国全传》《镜花缘》《快士传》《梦中缘》《雷峰塔奇传》《岭南逸史》《明月台》《南史演义》《三侠五义》《忠孝节义二度梅全传》《重刻七真祖师列仙传》《鸳鸯针》《歧路灯》《情梦柝》《杀子报》《善恶图全传》《水石缘》《四巧说》《俗话倾谈(一)》《俗话倾谈(二)》《铁花仙史》《隋唐演义》《宛如约》《吴江雪》《无声戏》《十二楼》《五虎征西》《武则天四大奇案》《五色石》《绣像红灯记》《雪月梅传》《一片情》《永庆升平前传》《于公案》《驻春园小史》《鸳鸯配》《红楼梦》《八洞天》《情楼秘史》《赛花铃》《定情人》《绣屏缘》《惊梦啼》《云仙啸》《生绡剪》《新世鸿勋》《女开科传》《樵史通俗演义》《十二笑》《照世杯》《快新编》《金云翘传》《画图缘小传》《隔帘花影》《炎凉岸》《蝴蝶媒》《麟儿报》《西湖佳话》《女仙外史》《说岳全传》《幻中游》《绿野仙踪》《说唐演义全传》《钟馗平鬼传》《北史演义》《五凤吟》《济公全传》《西游原旨》《妆钿铲传》《玉娇梨》《野叟曝言》《跻云楼》《英云梦传》《说呼全传》《清风闸》《终须梦》《风月鉴》《玉楼春》《何典》《续红楼梦》《希夷梦》《听月楼》《补红楼梦》《天豹图》《飞跎全传》《红楼梦补》《东西汉演义》《争春园》《大明正德皇游江南传》《施公案》《荡寇志》《梅兰佳话》《升仙传》《品花宝鉴》《云钟雁三闹太平庄全传》《五美缘全传》《绣球缘》《金石缘》《绣云阁》

晚清：《绮楼重梦》《永庆升平后传》《玉蟾记》《铁冠图全传》《忠孝勇烈奇女传》《青楼梦》《狐狸缘全传》《花月痕》《小五义》《续小五义》《金台全传》《仙侠五花剑》《糊涂世界》《笏山记》《海上尘天影》《续镜花缘》《七侠五义》《彭公案》《雅观楼》《三侠剑》《老残游记》《孽海花》《二十年目睹之怪现状》《官场现形记》《九尾龟》《走马春秋》

特别说明：

《〈片璧列国志〉的来源及其成书时间考》认为《片璧列国志》是明末书商割裂余象斗本《列国志传》与冯梦龙本《新列国志》拼凑而成，因此本书没有把它列入考察范围。《今古奇观》是一部从"三言""二拍"里选出来的话本集，因为本书已经收录了"三言二拍"所以不再将《今古奇观》列为考察对象。文中所统计的范围副词使用频率都是对以上所有小说统计的结果。

文中所提到的明清以前的文献主要来源于以下两种途径：

（1）纸质文献，如下：

先秦：《诗经》《论语》《孟子》《庄子》《左传》《老子》《荀子》《韩非子》《吕氏春秋》等。

两汉：《战国策》《史记》《汉书》《论衡》《吴越春秋》《太平经》等。

魏晋南北朝：《三国志》《搜神记》《世说新语》《后汉书》《宋书》《南齐书》《颜氏家训》《魏书》《齐民要术》《百喻经》等。

隋唐五代：《游仙窟》《全唐诗》《北齐书》《敦煌变文集》《祖堂集》等。

宋：《全宋词》《朱子语类》《五灯会元》《云笈七签》等。

元：《新刊元刊杂剧三十种》《西厢记》《琵琶记》《元曲选》《全元散曲》《老乞大》《朴通事》等。

（2）电子语料：

本书选用的电子语料库主要有"汉籍全文检索系统（第二版)①"和"北京大学现代汉语语料库"。我们检索得来的语料均和原有纸质文献进行核对，以确保语料准确性。

三　词与词组的区别

本书中"词"是指朱德熙《语法讲义》（2007）中"最小的能够独立活动的有意义的语言成分"；词组是词与词的组合。在我们统计语料时判定词组与词的标准，多与《现代汉语词典》《汉语大词典》标准相同，但当两本词典相冲突时我们更偏向于《现代汉语词典》的标准，因后者将不少词组看成了词，若二者均没有定义则依据上面提到的定义依实际情况划分，关于这一点在后面论述中我们还会有具体说明。

---

① 2002 年 6 月由陕西师范大学历史文化学院制作，共收入文史类古籍文献 830 种，基本涵盖了汉语史各个时期的主要文献。

第二章

明清白话小说范围副词的类型

如前所述，本书将明清时期的范围副词分为"表总括""表限定""表类同""表统计"四类。本章考察明清白话小说中出现的范围副词的类型。

第一节 表总括范围副词

表总括范围副词表示总括对象没有例外。相比现代汉语而言明清时期的表总括范围副词的语义指向更为自由，多指向主语，亦可指向其他的成分，如宾语、状语、谓语所表示的性状本身等。这类范围副词能修饰动词或动词短语、形容词或形容词短语，部分还可修饰名词或名词短语、数量名短语。我们共找到59个：

（一）咸

"咸"作表总括范围副词，常用在谓语前，表示某一范围的全部。它的这一用法多出现在明清白话小说带有文言色彩的部分。如：

1. 如是我闻，佛在孤独圆，比丘、比丘尼、优婆塞、优婆夷，一切天人咸在。（明 《型世言》第三十五回）

2. 吕祥还待支吾强辩，扬州番役把吕祥的衣服剥脱干净，馄饨捆起，一根绳拴在树的半中腰里，铁棍皮鞭，诸刑咸备，不忍细说。打了个不数。（清 《醒世姻缘传》第八十八回）

（二）悉

"悉"作表总括范围副词，语义可前指表示主语（包括兼语式的主语）所指的人或事物都具有某一性质、状态，或都实施某一动作行为，也可后指宾语表示宾语所指的人或事物都是某一动作行为直接涉及的对象。可译为"都""全部""全都"等。多出现在带文言色彩的句子中。如：

1. 篴尹顿然开悟，欣然从了叶公，共击王孙胜，恰好不费甚么气力，一战而胜，石乞就烹，王孙胜自缢，其党悉平，扶翼昭王即了国位。（明 《七十二朝人物演义》卷十二）

2. 想你父母在日，断断给你备不到此，我所以悉遵古制，备这一分赏你。（清 《儿女英雄传》第二十八回）

（三）统

"统"作表总括范围副词，文言色彩比较浓。用在动词或动词词组之前，表示动作行为涉及所述事实的全部。如：

1. 只见满桌满地统是些铜丝儿铁丝儿，青黄色的竹丝竹片儿，麻丝麻线也料了无数，这柳嫂子、老婆子、小丫头子都拿把剪刀在那里削这些竹片。宝玉诧怪得很，问着他们，都只嘻嘻地笑不肯说。（清 《后红楼梦》第十八回）

2. 若犯杖罪者，但免刺字，统不援赦。 （清 《女仙外史》第八十四回）

（四）通₁

"通"作表总括范围副词，用在动词谓语前，表示动作行为遍及所有支配对象。可译为"都""全部""普遍"等。如：

1. 大叫曰："有好汉烈男子，通来随我杀贼，有功即赏！"

（明 《于少保萃忠全传》第三十五回）

2. 又着军政司，于众兵卒无分马、步，通赏两月钱粮。（清《绿野仙踪》第六十七回）

（五）均

"均"作表总括范围副词，用于动词（多用单音节）或动词词组和形容词（多用单音节）之前，表示全范围，相当于"都"。如：

1. 柏茂怠于防御，蓝氏敢于卖奸，均宜拟杖。（明 《型世言》第二十一回）

2. 管也宽说："皮员外的公子，称得起门当户对，皮公子又是文武双全，满腹经纶，论武弓刀石马步箭均好，将来必成大器。"（清 《济公全传》第二百二十一回）

（六）备

"备"作范围副词，表总括。在上古时期为较常用范围副词，到了中古时期它的使用频率有所下降，到了近代明清时期白话小说已经很少使用了，部分作品中已经找不到用例（例《水浒传》）。我们找到的例证其后都是接的动词或动词短语。如，

1. （项总督）又对众官道："我昔年被掳鞑中，备观城形胜，山顶水少，只靠得几个石池，不足供他数千人饮食。"（明 《型世言》第十七回）

2. 那达奚盈盈之母曾在虢国府中，做针线养娘，故备知其事。（清 《隋唐演义》第八十回）

（七）坌

"坌"作表总括范围副词的用法从汉代产生时起就没有出现过大量使用的情况，我们只在清代钱谦益的《牧斋初学集》发现2例。如：

1. 真寂院闻谷印公以云栖大弟子激扬别传之指，慎公敦请莅

焉，不起于座而道风演迤，缁素毕集。（第四十二回）

2. 屠门酒肆，蔚为宝坊，缁白毕集，摄折互用，大鉴之道勃焉中兴。（第六十八回）

（八）毕

"毕"作表总括范围副词的用法在上古时期就已经产生但是用的并不多，中古时使用频率增加，到了近代使用得比较少，常用来修饰动词和形容词。在明清白话小说中这一用法并不是很常用，我们找到了193例（"毕集""毕备""毕现/毕见""毕具"，《汉语大词典》将它们列为词，但我们认为是词组）。如：

1. 须臾，见水族毕现，奇形怪状，乘马车、着赤衣者而过之。峤见，遂令军人讨舟而渡。（明 《东西晋演义》第一百七十一回）

2. 那老儿平日又不说起，直到梦仙会试起身之日，亲友毕集饯行，却说道："儿子，你须争气，挣了进士回来。莫要不用心，被人耻笑。"（明 《石点头》第二回）

3. 突来催命之符，虽景王恶贯满盈，冤魂毕至，而亦未始非容儿教令七妃与景王堵兴所致。（清 《野叟曝言》第一百零九回）

4. 女子善怀，或则为五体之投，或则为四弦之裂，作者细细摹写，如一镜中诸影毕具。（清 《花月痕》第三十四回）

（九）遍

"遍"早在上古先秦时期就有表总括范围副词的用法。依车淑娅（2009）对各个时期"全都"类单音节总括范围副词历史发展情况的考察，"遍"的这一用法从产生到中古时使用频率就远远低于同类其他的词语，到了近代几乎消失。在我们查找的白话小说中只找到2000多的例证，使用的频率偏低。如：

1. 肃曰："某遍观群臣，皆不如董卓。董卓为人敬贤礼士，

赏罚分明，终成大业。"（明　《三国演义》第三回）

2. 大约宦途的味儿不过如此，不如退归林下，遍走江湖，结识几个肝胆英雄，合他杯酒谈心，倒是人生一桩快事！（清　《儿女英雄传》第十五回）

（十）博

"博"表总括范围副词的用法在先秦就已经产生。可译为"广泛""普遍""大量"等。虽然它一直沿用至今，但每个时期它的用例都很少，我们在明清小说中找到 28 例。如：

1. 史说张宾，字孟孙，赵郡顿丘人。博涉经史，不为章句，胸次阔达，有大节大志，多智多谋，机不虚发，算无遗策。（明　《两晋秘史》第七十三回）

2. 故于圣历三年三月部试，即于四月举行殿试大典，以示博选真才至意。（清　《镜花缘》第四十二回）

在我们所查找到的例证中，"博"作表总括范围副词只能修饰动词或动词短语。

（十一）但₁

"但₁"语义相当于"全"或"凡"，如：

1. 江湖上但呼小人病大虫薛永。（明　《水浒传》第三十七回）

2. 贾节度道："如此，你快传令箭一只去，但有官兵掠人口家赀者，即时禀示；如收得避难子女，俱还各家，仍具册申报，不许隐匿。"（清　《燕子笺》第十一回）

（十二）共₁

"共₁"作表总括范围副词，修饰动词或动词短语，语义相当于"皆""全"。如：

1. 到任一年，数人共愤，受彼矜持，欲谋杀之雪怨，对天盟誓，合力同心。计议已定，奈无机可乘。（明　《鼎镌国朝名公神

断详刑公案》卷七)

2. 让进方丈款坐,恰好晁梁也在那里。三人共坐,叙说来由。(清 《醒世姻缘传》第一百回)

(十三)凡₁

"凡₁"表总括范围副词,修饰动词或动词短语和名词或名词词组,表示在某个范围内无一例外,可以在句首也可在句中。如:

1. 如尹文之坐玄,达摩之逃禅。凡此之类,倦态不一,实我之故,伊谁之失!(明 《三宝太监西洋记通俗演义》第八十二回)

2. 给了差人回帖,又勒取了监生的风火甘结,如狄经历沿途凡有盗贼水火,都要监生承管。监生这一番又约去了五六百金。(清 《醒世姻缘传》第九十九回)

(十四)尽

"尽"作表总括范围副词,多修饰动词或动词词组和形容词或形容词词组。它与被修饰词中间不能插入其他的成分,如:

1. 二人并马而行。行了数日,忽值大雨滂沱,行装尽湿。遥望山冈边有一所庄院,关公引着车仗,到彼借宿。(明 《三国演义》第二十八回)

2. 若是有了靠山,凭你怎么做官歪憋,就是吸干了百姓的骨髓,卷尽了百姓的地皮,用那酷刑尽断送了百姓的性命,因那峻罚逼逃避了百姓的身家,只管有人说好,也不管甚么公论;只管与他保荐,也不怕甚么朝廷。(清 《醒世姻缘传》第九十四回)

(十五)具、俱

"具""俱"都作表总括范围副词。虚词"具"与本义无关,而是"俱"的假借字。这两个词都可放在动词、形容词和介词结构前,表示动作的主体或所涉及对象的全部,意义和用法跟

"都"或"全"相近。"具"没有与否定副词连用，而"俱"有与否定副词连用的情况。如：

1. 郁保四领了言语，直到史文恭寨里，把前事具说一遍。史文恭引了郁保四，来见曾长官，备说宋江无心讲和，可以乘势劫他寨栅。（明　《水浒传》第六十八回）

2. 一日过寿阳，被景窃访知之，留住摄问，僧辩具以实告。（清　《南史演义》第二十三回）

3. 却说这百子河中，那里有甚妖魔，乃是近河村乡有一孙老员外，这员外生有儿子，俱不务本等，做山贼的，为水贼的，截径剪路的。且说这为水贼的，那里是鬼怪妖魔，他却是会泅水，在水里凿人舟，翻沉客船，行劫往来之人。（明　《续西游记》第五十九回）

4. 他三世前是个极贤极善的女子，所以叫他转世为男，福禄俱全，且享高寿。（清　《醒世姻缘传》第一百回）

（十六）全

"全"作表总括范围副词，用在动词或动词短语的前边，总括的对象在"全"的前边，可以是施事、受事、处所、时间，也可以是"把"的后置成分。如：

1. 可怜老人家年老无依，全仗舅母照管，从此一去，或者时运不通，道路有变，丈夫带不及妻子，妻子赶不上丈夫，双双出去，单单一个回来，也是天命。（明　《石点头》第十一回）

2. 我们做官的人全靠着这两条腿办事，又要磕头，又要请安，还要跑路。（清　《官场现形记》第三十九回）

（十七）总$_1$

"总$_1$"表总括范围副词，统括主语所指的人、事、物。如：

1. 男女五人总驾祥云升天去了。（明　《金瓶梅》第七十四回）

2. 姻缘不偶，恩爱总成仇。（清 《醒世姻缘传》第六十回）

（十八）满

"满"作表总括范围副词，多出现在"满+是+名词/名词短语"的句式中。我们共找到 9 例。如：

1. 东厢房里满是山寨的人以及被请来的人，一个个佩剑悬鞭，龇牙咧嘴，瞪着眼睛，瞅着大伙。（清 《三侠剑》第二十五回）

2. 只见那屋子四围的街路上东一簇、西一群，来来往往，满是些不三不四的人，明明是那话儿了。那老头子一到门外，便满面春风地来招呼立人、胜佛上车，自己也跨上黑骡。（清 《孽海花》第三十五回）

（十九）并

"并"作表总括范围副词在南北朝时期就已经产生，明清时期的白话小说中也不乏用例。"并"作表总括范围副词，其后所接成分只能为单音节词。如：

1. 那汪涵宇到缎铺内，买了一方蜜色彭缎，一方白光绢，又是些好绢线，用纸包了，还向宝笼上寻了两粒雪白滚圆，七八厘重的珠子二粒，并包了，藏入袖中。乘人空走入中堂，只见寡妇呆坐在那边，忽见汪涵宇走到面前，吃了一惊。（明 《型世言》第六回）

2. 到后来，父母同升佛果，元配得证法华，善侣都转法轮，子弟并登无上。（清 《儿女英雄传》序）

（二十）都

"都"表总括范围副词，表示主语所指的事物都承受某一动作，或都施行某一动作，或都呈现某种情况。如：

1. 也说得是。你们都听我说，若打得活的归去，到府中一人赏银三两，吃几杯酒了归。若打得死的，一人赏银一两，也吃几

杯酒了归。(明 《警世通言》第十九卷)

2. 现在你的伯母合你的义妹张姑娘并他的二位老人家都在途中候你。(清 《儿女英雄传》第十九回)

(二十一) 多

"多"表总括范围副词,多用于动词前表示主语全部都具有某种动作行为。语义与"都"相同。如:

1. 这村名虽唤做三家村,共有十四五家,每家多有儿女上学,却是陶公做领袖,分派各家轮流供给,在家教学,不放他出门。(明 《警世通言》第十一卷)

2. 不一时,只见众夫人多打扮得鲜妍妩媚,袅袅娉娉,齐走进轩来,见过了炀帝,又见了八位夫人。(清 《隋唐演义》第三十回)

(二十二) 浑

"浑"作表总括范围副词,表示事物全部或接近全部都在某种状态。多出现在白话小说中的诗词、歌谣。如:

1. 半世功名浑是梦,几年汗马总成空。(明 《鼓掌绝尘》第三十六回)

2. 事值颠危浑不惧,遇当生死心何慑。(清 《隋唐演义》第二十五回)

(二十三) 皆

"皆"作表总括范围副词,常用在动词或名词谓语前,概括所提及的所有的人、物和事。语义指向人、物、事一般为主语出现在"皆"的前头,也有少数作为动词所涉及的对象而在"皆"之后,解释为"都""都是"等。如:

1. 角有徒弟五百余人,云游四方,皆能书符念咒。(明 《三国演义》第一回)

2. 里面泥胎塑像皆极其凶恶,是以忙忙的焚过纸马钱粮,便

退至道院歇息。(清 《红楼梦》第八十回)

（二十四）专₁

"专₁"表总括范围副词，其后可接动词或动词短语，名词或名词短语。如：

1. 宋江又道："只恨黄文炳那贼一个，却与无为军百姓无干。他兄既然仁德，亦不可害他，休教天下人骂我等不仁。众弟兄去时，不可分毫侵害百姓。今去那里，我有一计，只望众人扶助扶助。"众头领齐声道："专听哥哥指教。"(明 《水浒传》第四十回)

2. 三款是安民生，说宜罢立枷之法，缉事专归五城，庶卫厂不得弄权。(清 《樵史通俗演义》第十五回)

（二十五）侪

"侪"表总括范围副词明代就已经产生，译为"都，全"。我们只在明末小说《豆棚闲话》和清代小说《何典》找到8个用例，其中《豆棚闲话》7例。如：

1. 路上相唤，侪叫老社盟兄；小一辈个，侪称老社盟伯。(明 《豆棚闲话》第十则)

2. 他嘴头子又来得左话左传，右话右传，翻蛆搭舌头的，侪是他说话分。(清 《何典》第五回)

在我们查阅的文献资料中"侪"作表总括范围副词，只能修饰动词或动词短语。

（二十六）净₁

"净₁"作表总括范围副词，与"全""都"的意思相近，常与"是"连用。如：

1. 如果要假，净是一派讹言，亦未可知。(清 《小五义》第四十三回)

2. 王爷与众人一瞧，只见那山岭之上遍插旌旗，都是八卦

教，站定有两万贼军，东西有十里长，两山头净是伏兵。（清　《永
庆升平前传》第八十一回）

（二十七）但凡

"但凡"表总括，是两个表总括范围副词"但"和"凡"组
合而成，修饰名词或动词。中古时期就已经开始出现直至沿用至
今。我们共找到274例，如：

1. 但凡读书，盖欲知礼别嫌。今君诵孔圣之书，何故习小人
之态？若使女子去迟，父母先回，必询究其所往，则女祸延及于
君。（明　《警世通言》第二十九回）

2. 只知如今这前林约有百里路远，中有一个妖魔，名叫迷识
魔王，这林因也叫做迷识林。但凡往来行人，都要忍气吞声、蹑
着脚步儿过去。（明　《续西游记》第五十一回）

3. 后来又有了晁无晏这个歪货拧成一股，彼此都有了羽翼，
但凡族里没有儿子的人家，连那分之一字也不提了，只是霸住了
不许你讲甚么过嗣，两个全得了才罢。所以这晁思才与晁无晏都
有许些的家事。（清　《醒世姻缘传》第五十七回）

（二十八）全都

"全都"作表总括范围副词，由表总括的"全"和"都"组
成。我们在明清白话小说中共找到765例（明代2例其余例证都
是清代的），其后大部分是接动词（双音节）或动词词组和形容
词（双音节）或形容词词组。如：

1. 我与他做多年夫妇，两个情深意笃，如胶似漆，不料如今
这东西，把一段真情实意全都抢夺。（明　《贪欣误》第一回）

2. 且说这延寿儿自吕祖将他救转还魂之后，一切模样儿、说
话、行事与先大不相同，又安稳，又爱干净，也不去登墙爬树，
也不去拜土扬尘，面貌长的甚是清秀，言语对答更加灵透，动作
行为全都妥当了许多。而且还知道孝顺，老苍头怎么说他便怎

么，绝不似先前那等悖逆。（清　《狐狸缘全传》第二十一回）

3. 那日已是迎娶吉期，袭人本不是那一种泼辣人，委委屈屈的上轿而去，心里另想到那里再作打算。岂知过了门，见那蒋家办事极其认真，全都按着正配的规矩。一进了门，丫头仆妇都称奶奶。（清　《红楼梦》第一百二十回）

（二十九）尽都

"尽都"表总括，是由表总括的"尽"和"都"组合而成。我们共找到 123 例，如：

1. 妖魔把经柜担包，尽都送了隐士。（明　《续西游记》第二十七回）

2. 晁书领着晁梁，衣巾齐整候见。邢皋门即忙让到船上见了，又喜又悲，感不尽晁夫人数年相待周全，将送的礼尽都收了。（清　《醒世姻缘传》第四十六回）

（三十）尽皆

"尽皆"表总括，是由表总括范围副词"尽"与"皆"组合而成。我们共找到 1364 例，如：

1. 诸军闻之，俱各喜悦。后人有诗曰："赤壁鏖兵用火攻，运筹决策尽皆同。若非庞统连环计，公瑾安能立大功？"庞统又谓操曰："某观江左豪杰，多有怨周瑜者；某凭三寸舌，为丞相说之，使皆来降。"（明　《三国演义》第四十七回）

2. 正说间，到杨钦寨前，内有几个守寨兵士，听得马蹄响，只道是杨钦兵回，开门纳入。军马一涌而入，放起火来，五寨军士大乱，尽皆弃寨而走。（明　《东西晋演义》第二百四十四回）

3. 老龙王道："那是他纵火烧坏了殿上明珠，被父亲告了忤逆，玉帝吊在空中要诛他，亏得观世音菩萨救了性命，故罚他变马驮经，以消罪孽。我的龙子龙孙尽皆孝顺，又不犯法，怎么教他去变马？"（明　《后西游记》第九回）

4. 不多时车驾已进了西苑，有一院即有夫人，领着笙歌来接，近一院又有夫人领着鼓乐来迎，前前后后，遍地歌声，往往来来，尽皆女队。（清　《隋唐演义》第三十五回）

5. 俄而鼓乐喧天，又传陈、胡轿至，厅堂上已停三肩彩轿。邻里们尽皆称羡他风流艳福，又赞他作事古怪，娶姬有如此排场，所以一人传十，十人传百，苏城内藉为美谈。不一时吴宅轿来，四姬毕集。（清　《青楼梦》第三十一回）

6. 北拳之乱，所以渐渐逼出甲辰之变法；南革之乱，所以逼出甲寅之变法。甲寅之后文明大著，中外之猜嫌，满、汉之疑忌，尽皆销灭。魏真人《参同契》所说，"元年乃芽滋"，指甲辰而言。（清　《老残游记》第十一回）

"尽皆"之后所接成分可像例 4 接名词，可接形容词（单双音节不限）或形容词词组像例 1 和例 3，还可像其他例证后面接动词或动词词组。

（三十一）凡是

"凡是"作表总括范围副词，总括范围内的全部对象，后接名词。"凡是"可出现在句首也可出现在句中，后面多有停顿，谓语中还常出现"俱、都"等与之呼应。我们共找到 509 处。如：

1. 到周宣帝传位与周天元皇帝的时节，文帝见他骄侈昏暴，遂有阴谋天下之心，行政务为宽大，凡是苛酷之政，尽行革去，史外俱大悦服。（明　《隋炀帝艳史》第一回）

2. 老魏同魏三封开了他的箱柜，凡是魏家下去的东西尽情留下，凡是他家赔来的物件，一件也不留。五更天气，同了程大姐送到他家门上，一片声的敲门。（清　《醒世姻缘传》第七十二回）

（三十二）举凡

"举凡"作表总括范围副词，是表总括的"举"和"凡"的组合，表示总括特定范围内的一类事物，义为"只要是；凡是"。后有"无一、皆"等表总括范围副词与之呼应。我们共找到6例，如：

1. 所以武后自僭位以来，举凡近狎邪僻，残害忠良，杀姊屠兄，弑君鸩母，下至民间奇怪案件，皆由狄公剖断明白。（清 《武则天四大奇案》第一回）

2. "臣广读经史，博览辞章，举凡三坟、五典，八索、九邱，天文、地理，诸子百家，无一不读，无一不晓。"那国王摇着头儿，微笑道："卿言夸大，也不可藐视我国没有读书人"。（清 《绿野仙踪》第六十五回）

（三十三）一概

"一概"作表总括范围副词，由表示总括的同义副词"一"和"概"组成，后可接动词（仅限双音节）或动词短语，概括与动作相关的人和事物的范围，适用于全体没有例外。如：

1. 若一概剿除，又非我僧家方便法门，况那美蔚君走去，这两个又闭了洞门。（明 《续西游记》第七十七回）

2. 北静王便挑选两个诚实司官并十来个老年番役，余者一概逐出。（清 《红楼梦》第一百零五回）

（三十四）比比

"比比"是副词"比"的重叠，概括人或事物的全体，可释为"处处""到处"，为表总括范围副词。这一用法我们共找到25例，其中有20例是与"皆""都"等副词并用（在第四章有详细论述），余下的其后可接动词或名词。如：

1. 轻谤寡信、贪财灭义者，比比然也。（明 《鼎镌国朝名公神断详刑公案》卷四）

2. 然或遭世乱，或为饥驱，好好一堂聚处的骨肉，弄得一在天涯，一在地角，生不能形影相随，死不能魂魄相依者，比比而有。（清　《娱目醒心编》卷一）

（三十五）光光₁

"光光₁"由范围副词"光"重叠而成，它作范围副词，我们共找到9例，其中1例"光光₁"是表总括的。如：

1. 这几日立等要回去，将老爷遗下东西光光收拾出去，交与脚子送他一半，其余半价卖得三十两，送在甚么长卿馆里。（清　《生绡剪》第四回）

这里的"光光₁"我们认为理解为表总括范围副词更为妥帖，究其原因应是"光"表限定范围副词修饰动词时的强烈的排他性，范围从极小量向极大量转化了。

（三十六）处处、在在

"处处"由"处"重叠而成，"在在"由"在"重叠而成，"处""在"本身都没有副词的意义，但A进入AA式后却成了表总括范围副词，用在谓语前或句前，表示所处范围。"处处"这一用法在东汉就已经出现，"在在"的这一用法到西晋时已经出现，我们在明清白话小说中共找到738例"处处"、95例"在在"。如：

1. 行者道："师父，这路上处处洁净，你要坐卧，便歇下，何必又动一个好洁心？"（明　《续西游记》第四十九回）

2. 因此城外城里，不论大街小巷，处处张灯，家家搭彩，自此日十三起，到了十五那一夜，真个是火树交辉，笙歌沸耳，街市上看灯的人，男男女女，挨肩擦背，拥挤不开。（清　《灯月缘》第一回）

3. 七十岁的老将冯子材，领了万众镇守镇南来，那时候马江船毁谅山失，水陆官兵处处败。（清　《孽海花》第六回）

4. 于是登州人民户户称庆，在在欢欣，皆云："非郑爷诚心格神，至德动天，曷克臻此？"上司闻知郑侯至德通神明，忠诚格天地，惠泽被生灵，与民除害有功，遂赏奖励以彰其美。未几一载，见其才德攸宜，改调大邦济南府府尹。（明　《古今律条公案》卷四）

5. 且他们无知，或赚骗无节，或呈告无据，或举荐无因，种种不善，在在生事，也难备述。（清　《红楼梦》第五十八回）

"处处""在在"表总括范围副词，其后可接形容词像例 1 和例 4，还可接动词，动词可以是双音节像例 2 和例 5，也可是单音节像例 3。

（三十七）通通、统统

"通通""统统"都是作表总括范围副词，都是由各自组成元素重叠而成。后可接动词或动词词组和形容词或形容词词组，表示事物或动作毫无例外，相当于"全部"。在我们查找的资料中"通通"出现 33 例，"统统"出现了 122 例（其中在《续济公传》中有 117 例）。两个词的意义和用法完全一样，具体选择两个中的哪一个完全是看作者的习惯。如：

1. 就把明胶水来向厚纸上裱好，果然一点钟时候通通好了，便供在延秋榭里面供桌子上，大家去看，无不神肖。（清　《海上尘天影》第三十九回）

2. 原来秋谷安心闹标劲，所以把昨日在余香阁的所有倌人通通叫到，要做一个大跑马车的胜会。（清　《九尾龟》第三回）

3. 你们统统退出，我同韩小姐有机密要事商办呢。（清　《续济公传》第八十九回）

4. 孙膑道："弟子岂有不知，只是万分无奈。弟子等上吴桥葬母亲，就把临淄的事统统不管了。"（清　《锋剑春秋》第五十四回）

（三十八）遍地

"遍地"表总括范围副词，可释为"到处、处处"。最晚在南朝时期就已经出现，我们查找到了 348 例（其中有与"都""皆""俱"的并用在第四章有详细论述）。如：

1. 正是：沙沾袍服身为血，化作津津遍地红。乔坤一道灵魂，已进封神台去了。（明　《封神演义》第四十六回）

2. 他说："这座北京城，遍地是钱，就是没人去拣！"（清　《儿女英雄传》第三十一回）

（三十九）大凡

"大凡"作表总括范围副词。用在句首，概括人或事物，常常与"都""皆""总"等相呼应。如：

1. 大凡人生在世，居下位者，必择良友，居上位者，必求贤臣。（明　《七十二朝人物演义》卷一）

2. 这软水洋约有八百里之远，大凡天下的水都是硬的，水上可以行舟，可以载筏，无论九江八河、五湖四海，皆是一般。（明　《三宝太监西洋记通俗演义》第十四回）

3. 你还不晓赌博人的性情么？大凡一个人，除是自幼有好父兄拘束的紧，不敢窥看赌场，或是自己天性不好赌，这便万事都冰了。若说是学会赌博，这便是把疥疮、癣疮送在心窝里长着，闲时便自会痒起来。（清　《歧路灯》第四十二回）

值得注意的是例 3 中的"一个人"是泛指，而不是实指，是泛指一类人。

（四十）到处

"到处"表总括范围副词，概括说话人所指动作或状态的全部范围，多修饰动词短语，跟"无论什么地方（都）""任何地方（都）"的意思相当。如：

1. 八戒惶恐起来，飞走回来向三藏道："师父，不消说道，

村落人家也没一家好善肯布施斋。徒弟到处去闯，不但化不出斋，还讨人没个好答应。"（明 《续西游记》第四十九回）

2. 朱得贵急了，到处托人替他求请。（清 《官场现形记》第三十一回）

（四十一）满处

"满处"表总括范围副词，意义与"到处，处处"同，可以修饰形容词和动词。我们共找到 12 例，如：

1. 又有东海铁迹龙王献上明珠一颗，奏曰："臣此珠挂于宫屋，满处光辉，可吞可吐，凡民一见，永无灾难。"（明 《南游记》第一回）

2. 述农道："张大仙并没有的，是他们江湖上甚么会党的暗号，有了一个甚么头目到了，住在哪里，恐怕他的会友不知道，就出来满处贴了这个，他们同会的看了就知道了。"（清 《二十年目睹之怪现状》第十五回）

（四十二）并乃

"并乃"表总括范围副词，可释为"都，全部"唐代已经产生，明清小说中我们只找到 2 例。如：

1. 国主道："熊胜有破龙角寨之功，许义有招降韭山门之力，吉孚、唐牛儿救出柴丞相，郓哥有还道村之功，和合儿内应破共涛，方明有攻白石岛之绩，花信三世忠勤，并乃可嘉，量授统制之职。"（清 《水浒后传》第四十回）

2. 世袭博士，前经赐职；因想衍圣公系衍圣人嗣续，卫圣公系卫圣人教术，曲阜县既系孔氏世袭，吴江县亦应文氏世袭，方足相称。故并乃世袭五经博士，及吴江知县。（清 《野叟曝言》第一百五十回）

（四十三）是凡

"是凡"作表总括范围副词，是方言副词，语义和用法与

"凡是"相同。可以位于句首也可位于句中,我们共找到 10 例,如:

1. 大老爷明鉴。小人既为杨氏族长,是凡本族无论大小事件,理应小人出问,何能置身事外?(清 《施公案》第三百七十三回)

2. 是凡听戏的人,总要给白蛇称冤道屈,故此才演出这本新戏来,给人听着称快,都遂了人的心愿了。这里头和尚哭妻,倒也是翻案的文章呢。(清 《补红楼梦》第四十回)

(四十四)悉数

"悉数"作表总括范围副词,用在动词或动词短语之前。我们找到 18 例,如:

1. 所有民间妇女,被毛如虎所奸占,悉数清查,不得隐瞒蒙混。毛如虎党羽,分别寄监,候讯治罪。(清 《施公案》第二百八十二回)

2. 昔有外国圣人名若伯,平生造物大主,他家赀数万,丈夫子五人,一日天意欲试他,将房屋物用,悉数被焚,五子尽死,若伯满身疮溃,臭恶不可近人。(清 《海上尘天影》第六十回)

(四十五)一塌刮子

"一塌刮子"作表总括范围副词,是方言副词,意义与"通通"相当。我们只在清代的《九尾龟》中找到 5 例,如:

1. 一面说着,一面带着同来的娘姨往外就走,口中说道:"倪要少陪耐哉,倪格衣裳首饰,一塌刮子送拨仔耐阿好?倪也勿要哉。"(第二十四回)

2. 章大少,耐勿要去相信马大少格闲话,俚耐一塌刮子才是瞎说。(第一百三十五回)

(四十六)一总₁

"一总₁"作表总括范围副词,用在动词或动词词组之前,对事物或事实加以总括，相当于"全"。如：

1. 待天明，看林西头可再有和尚来时，一总捉了，剥皮蒸了受用。（明 《续西游记》第四十三回）

2. 遂把砚池烘化，将昨日未曾写完的信，详细写完封好，又将致刘仁甫的信亦写毕，一总送到上房，交东造收了，东造一面将致姚云翁的一函，加个马封，送往驿站；一面将刘仁甫的一函，送入枕头箱内。厨房也开了饭来。（清 《老残游记》第七回）

（四十七）一划

"一划"作表总括范围副词，是方言范围副词，我们只在明代的《朴通事》中查找到3例，如：

1. 四面盖的如铺翠，白日黑夜瑞云生，果是奇哉。那殿一划是缠金龙木香停柱，泥椒红墙壁，盖的都是龙凤凹面花头筒瓦和仰瓦。

2. 咳，今日天气冷杀人，腮颊冻的刺刺的疼，街上泥冻的只是一划狼牙也似，马们怎么当的?

3. 那裏见路一划浠泥曲膝盖深。

（四十八）尽情、尽数

"尽情""尽数"都是作表总括范围副词，用在动词或动词短语之前，语义前指。如：

1. 行者径把姓名梱由尽情说了一遍。（明 《西游记补》第十回）

2. 既是挑唆家里太太与奶奶不动，我乘机将狄大爷京中干的勾当尽情泄露，叫这员猛熊女将御驾亲征，叫那调羹寄姐稳坐不得龙床安稳，吃不下青韭羊肉香烘烘的合饼，岂不妙哉！（清《醒世姻缘传》第七十七回）

3. 不知自从近日开了通路，生出许多妖怪，把稻谷尽数残

伤，青天白日还要迷昧往来行人，我寺众僧大受其害。（明 《续西游记》第七十回）

4. 还有一个秘诀，我尽数奉告，请牢牢记住，将来就不至入那北拳南革的大劫数了。（清 《老残游记》第十一回）

（四十九）无不、无非

"无不""无非"都作表总括范围副词，双重否定概括全范围。后可接动词或动词词组、形容词或形容词词组和名词词组，如：

1. 上至公卿大夫，下及山林百姓，男女老幼，无不痛哭，哀声震地。后主命扶柩入城，停于丞相府中。（明 《三国演义》第一百零五回）

2. 七月半后，庄户备了进场的衣服，出路的行李，赏的路费，收拾了自己杭船，携带的一切日用之类，无不周备。 （清《醒世姻缘传》第九十八回）

3. 过了数日，桂生备了四个盒子，无非是时新果品，肥鸡巨卿，教浑家孙大嫂乘轿亲到施家称谢。严氏备饭留款。（明 《警世通言》第二十五卷）

4. 那汉子已将饭食列在炕桌之上，却只是一盘馒头，一壶酒，一罐小米稀饭，倒有四肴小菜，无非山蔬野菜之类，并无荤腥。女子道："先生请用饭，我少停就来。"（清 《老残游记》第九回）

（五十）都则

"都则"作表总括范围副词，是由表总括范围副词"都"加副词词尾"则"组成，明清以后只在一些仿古文中出现，现代汉语不用。在我们查找明清白话小说中它在明代和清代的使用频率差别很大，在所有查找到的15例其中明代的出现14例（《三宝太监西洋记通俗演义》1例，《西湖二集》1例，《水浒传》1例，

《醒世恒言》11 处）和清代 1 例。如：

1. 总兵老爷看见这两员将官，虽则是一个长，一个矮，其实的：一般勇猛，无二狰狞。都则是操练成的武艺高强，那些个拣选过的身材壮健。神见哭的任君锐，怕甚么甲伏鳞明；鬼见愁的疾雷锤，谁管他刀枪锋利。（明 《三宝太监西洋记通俗演义》第二十七回）

2. 林公频频遣人来打探消息，都则似金针堕海，银瓶落井，全没些影响。同县也有几个应募去的，都则如此。（明 《醒世恒言》第五卷）

3. 章荭道："再过几十年，我眼睛花了，少不得要托你做的。这六个仆妇都则甚么名字？管甚么执事？"（清 《镜花缘》第九十九回）

（五十一）都自

"都自"表总括范围副词，由表总括范围副词"都"和副词词尾"自"组合而成，我们共找到 25 处，如：

1. 那些人望见隋侯驾到，都自远远的散了开去，止留着打得半死不活的一条大蛇拦在当路。这从人们欲待移这根蛇去丢在路旁，又恐怕参差了前队。（明 《七十二朝人物演义》第三十七卷）

2. 徐和道："这个实难，我的学问，怎能加乎孔厚之上，他兀自设摆布处。除此参仙之外，都自草木凡品，却如何换得命过！"（清 《荡寇志》第一百十六回）

（五十二）尽行

"尽行"作表总括范围副词，由表总括范围副词"尽"和词尾"行"组合而成。有"尽行"出现的句子分两种情况，一种是句子本身是处置句，即"把""被""将"的处置式。另一种是在"尽行"的前面有原因或目的说明的句子。我们共找到 1069

例，如：

1. 到周宣帝传位与周天元皇帝的时节，文帝见他骄侈昏暴，遂有阴谋天下之心，行政务为宽大，凡是苛酷之政，尽行革去，史外俱大悦服。(明　《隋炀帝艳史》第一回)

2. 可怜贾琏屋内东西除将按例放出的文书发给外，其余虽未尽入官的，早被查抄的人尽行抢去，所存者只有家伙物件。贾琏始则惧罪，后蒙释放已是大幸，及想起历年积聚的东西并凤姐的体己不下七八万金，一朝而尽，怎得不痛。(清　《红楼梦》第一百零六回)

(五十三) 俱行

"俱行"作表总括范围副词，由表总括范围副词"俱"和词尾"行"组合而成。它所出现的句子都带有处置的意味，我们共找到34例，如：

1. 因此奏过玉帝，着吕师父托梦与崔尚书，叫他奏闻宪宗皇帝，赶逐韩氏一家，仍回昌黎居住。又恐怕他们仍前迷恋，不转念头，再着龙王兴风作浪，卷海扬波，把他那昌黎县厅堂、房屋、田地、山荡，俱行漂没，不许存留一件，以动他怀土心肠。(明　《韩湘子全传》第二十六回)

2. 这年决意入川看父，将地土俱行租种与人，又将家中所存所用，详细开写清账，安顿下一年过度，交与他嫂嫂管理。又怕殷氏与姜氏口角，临行再三嘱托段诚女人欧阳氏，着他两下调和，欧阳氏一力担承。(清　《绿野仙踪》第十七回)

(五十四) 全然

"全然"作表总括范围副词，由表总括的"全"和词尾"然"构成。用在动词或动词短语前面，概括动作、行为所涉及对象和范围，相当于"全部""都"。多出现在否定句或表示否定意思的句子中。如：

1. 瑜曰："已服凉药，全然无效。"（明 《三国演义》第四十九回）

2. 那尤三姐放出手眼来略试了一试，他弟兄两个竟全然无一点别识别见，连口中一句响亮话都没了，不过是酒色二字而已。（清 《红楼梦》第六十五回）

（五十五）总来₁

"总来₁"由表总括的"总"和词尾"来"组合而成，表示范围之内没有例外。如：

1. 凡在他家走动的，无有不相知，好似癞痢头上拍苍蝇，来一个着一个，总来瞒着赵成一人。（明 《石点头》第十回）

2. 二人既已结为兄弟，于是食则共桌，寝则同榻，竟如嫡亲兄弟。驾山又令奴仆们总来见过。一日，凌驾山愁眉不展，面带忧容。（清 《快心编》第二回）

第二节　表限定范围副词

表限定范围副词是对事物的范围、数量或动作行为的限定。语义指向也比较自由，可以是谓语动词自身，亦可是主语、宾语和定语。这类范围副词可以修饰动词或动词短语、名词或名词短语和数量名短语。其中数量名短语所含数量可以大于"一"，也可以是"一"，是"一"时可以隐含不现。我们共找到51个：

（一）专

"专"作表限定范围副词，修饰动词或动词词组不修饰形容词。限定动作的范围，即把动作限定在一个特定的范围内进行，排斥范围以外的动作，意义、用法与"光""只"相近。如：

1. 国师又请过天师来相见，请他驾起草龙，专等海里的妖精

腾云上来，擒拿着他，不可轻放。（明　《三宝太监西洋记通俗演义》第四十八回）

2. 你们二位顺着平水江一直往西，过了桃花渡口，有一座孤树林，那里靠着有一只小船，有四位该值的头目，专伺候我们，合字绿林的人。（清　《济公全传》第一百八十六回）

（二）唯/惟/维

这三个词都是作表限定范围副词，在使用过程中三个词可以混用。用在动词或动词词组和名词或名词词组之前，限定事物或动作的范围。如：

1. 原来孙行者石匣生来，不曾晓得自家八字，唯有上宫玉笈注他生日，流传于深山秘谷之中。（明　《西游记补》第十三回）

2. 这都是上苍默佑，惟有刻刻各自修省，勉答昊慈而已。（清　《儿女英雄传》第十三回）

3. 那王豹听言大喜，也不推辞，微微的谦逊道："老翁所有为我所得，正是维鹊有巢，维鸠居之，恐没有这个道理。"老叟道："又来客气了。"（明　《七十二朝人物演义》第三十五卷）

（三）特

"特"作表限定范围副词，多用于名词或名词词组之前，意义相当于"仅"。它的这一用法文言色彩比较浓，明清白话小说中用例很少。如：

1. 行军一日，日费万金，岂特广西一省受害？（明　《型世言》第二十四回）

2. 这个自然，不特此也，百姓听见贵领事要到此地，早已商量明白，打算一齐哄到领事公馆里，要求贵领事拿凶手当众杀给他们看。百姓既不动蛮，不能说百姓不是。（清　《官场现形记》第五十七回）

（四）半

"半"作表限定的范围副词的用法早在西汉时期就已经出现，明清白话小说中这一用法比较普遍。如：

1. 遥观樵子归来，近睹柴门半掩。僧投古寺，疏林穰穰鸦飞。（明 《水浒传》第八回）

2. 掌上灯来，薛蟠已经半醉，王仁、傻大舅两个又还喝了一会子酒。（清 《补红楼梦》第二十二回）

（五）徒

"徒"作表限定范围副词，用在动词谓语前，表示所述事实仅限于事态的一个方面。多出现在具有文言色彩的句子中，如：

1. 堂堂帝主难相救，掩面徒看泪涌泉。（明 《三国演义》第二十四回）

2. 小姐，你两下既已心许，徒托纸笔空言，有何益处？（清 《五凤吟》第三回）

（六）别

"别"用在动词前，表示范围是在某一整体之外，可解作"另外""单独"等。如：

1. 当太子遹见废，王衍上表离婚，不与女儿说知，只令其休随太子往金墉，别行改嫁豪士。（明 《东西晋演义》第二十八回）

2. 原有一位夫人生得美貌，被金兵先抢去了，就有这须附势的媚客，和那趋时的兵将，劝他别立王妃，选取宫女，也要三宫六院。（清 《隔帘花影》第二十四回）

（七）曾

"曾"表限定范围副词，表"仅、止"。但是"曾"没有单独使用，都与"不""何""奚"等连用，用来表示限定某一范围。我们共找到450例，其中"不曾"368处、"何曾"46处、

"奚啻"36。如：

1. 思至伊门已经一十二载，扣偿伊债奚啻八百余金。（明　《古今律条公案》）

2. 若没这宝刀，今日还费周折！靳直那厮，只知以利皿杀人，却反以利器假人，红须义士，奚啻锡我百朋矣！（清　《野叟曝言》四十三回）

3. 以习议陈，奚啻蚍蜉之撼泰山，精卫之填沧海乎？（清　《野叟曝言》第七十八回）

4. 今以区区小关之众，欲抗五十万雄兵，何啻以孤羊投群虎哉！（明　《春秋列国志传》第八回）

5. 此行得百金可收其货，待价而沽，利息何啻百倍？鲍是个爱财之人，闻知欢然，许同去。约以来日在江口相会。（明　《包公案之百家公案》第五十五回）

6. 这湖中何啻有千百只画船往来，似箭纵横，小艇如梭，便足扇面上画出来的，两句诗云：凿开鱼鸟忘情地，展开西湖极乐天。（明　《清平山堂话本》卷一）

7. 吴瑞生道："那词调悲切，声音酸楚，何啻白雪阳春！若非闻二卿佳音，卑人何得至此？"（清　《梦中缘》第十回）

8. 况国大兵强，与之交战，不啻以羊投虎也！（明　《春秋列国志传》第六十七回）

9. 梅公子致谢道："蒙亲翁天高地厚之恩，不弃寒微，结为丝萝，使好人不得肆其志。今日之承恩谬奖，皆赖荣施，此恩此德不啻铭心缕骨也。"（明　《醒风流奇传》第十七回）

10. 只吃亏了一件，从小时父亲去世的早，又无同胞弟兄，寡母独守此女，娇养溺爱，不啻珍宝，凡女儿一举一动，彼母皆百依百随，因此未免娇养太过，竟酿成个盗跖的性气。（清　《红楼梦》第七十九回）

11. 见有妇人，不啻如蝇集血，若蚁聚膻。所以贞姬良妇，匿迹惟恐不深，韬影尚虞不远。（清　《醒世姻缘传》第七十四回）

从查找的例证中可看出"奚啻"使用的最少，其后所接成分可是名词像例1，可以是动词像例2，也可是句子像例3。"何啻"后面所接成分可是介词结构像例4，可是名词像例5，可是动词像例6，还可是形容词像例7。"不啻"的使用频率明显高于另外两个词组，且后所接成分也是最复杂的可以是介词结构像例8，可以是形容词像例9，可以是名词像例10，还可以是句子像例11。

（八）但$_2$

"但$_2$"表限定范围副词，意思相当于"只"或"只要"。如：

1. 太尉看那宫殿时，端的是好座上清宫！但见：青松屈曲，翠柏阴森。门悬敕额金书，户列灵符玉篆。（明　《水浒传》第一回）

2. 只见他姑见了道："媳妇如此，岂不见你贞烈。但数日之间，子丧妇丧，叫我如何为情。"（明　《型世言》第十回）

3. 狄希陈说："我心里还恶影影里的，但怕见吃饭。"（清　《醒世姻缘传》第九十六回）

（九）独

"独"，表限定范围副词。其后可接动词或动词短语，形容词或形容词短语，表示动作、行为的唯一性，还可接名词限制事物的范围，意义同"只""仅"。如：

1. 只就平常人爱说，如汉时李善，家主已亡，止存得一个儿子，众家奴要谋杀了，分他家财。独李善不肯，又恐被人暗害，反带了这小主逃难远方，直待抚养长大，方归告理，把众家奴问罪，家财复归小主。（明　《型世言》第十五回）

2. 但是济公这一席话，旁边听的人以为他就同乱说一样，独

有那胖奶奶觉得他一句句的问得汗毛直竖，不由的面红耳赤，把个头低着朝地，口也不开。（清　《续济公传》第一百四十四回）

（十）各

"各"作表限定范围副词，其后多接单音节动词、形容词或数量词。表示分别具有或分别做。如：

1. 天色傍晚，术人收拾起身，市人各散。（明　《续西游记》第一回）

2. 瑜为居巢长之时，将数百人过临淮，因乏粮，闻鲁肃家有两囗米，各三千斛，因往求助。（明　《三国演义》第二十九回）

3. 这那里一概论得？贼有众寡不同，势有强弱各异，或者而今的难退，也不可知。（清　《快心编》第八回）

（十一）仅

"仅"作表限定范围副词，其后多接动词或动词词组和名词或名词词组，限定动作所支配的对象或范围。如：

1. 这寺久荒废，仅存这座石墙，高有十余丈，下无三尺梯，惟顶上一小门，内却宽阔如屋。（明　《续西游记》第九十八回）

2. 官派差押着到店里起出赃物，便把店封了，连云岫也捉了去，拿他的同知职衔也详革了。罄其所有打点过去，方才仅以身免。（清　《二十年目睹之怪现状》第六十五回）

（十二）只

"只"作表限定范围副词，修饰动词或动词词组，用以限定宾语的范围，表示动作仅及于某个对象。用在名词性词语或数量结构前，限定事物的范围，表示项目单一，或者表示数量少。如：

1. 这个算不得腾云，只算得爬云而已。（明　《西游记》第二回）

2. 逢六是刘埠集，过七就是流红集，流红离着刘埠只八里

地，没的来回好走路哩！（清　《醒世姻缘传》第十九回）

（十三）另

"另"作限定范围副词，后面接动词或动词短语且动词都是单音节。表示动作行为是在原有或已在上文有交代的对象、范围以外。如：

1. 我有心要抬举你，这献生辰纲的札子内另修一封书在中间，太师跟前重重保你受道敕命回来。（明　《水浒传》第十六回）

2. 叫下两只大船，厨役备办酒席，和司茶酒的人另在一只船上；一班唱清曲打粗细十番的，又在一船。（清　《儒林外史》第十二回）

（十四）偏

"偏"作表限定范围副词，常用于名词或名词词组之前表同类事物或同类行为中只有一项例外，相当于"只有""仅仅"。如：

1. 众人道："大家都胡乱唱了，偏你能歌善唱的，倒要谦虚。"（明　《隋炀帝艳史》第十七回）

2. 我们家从祖宗直到二爷，谁不是寒窗十载，偏他不喜欢读书。（清　《红楼梦》第六十六回）

（十五）空

"空"作表限定范围副词在南北朝时期就已经产生，用于动词或动词词组和形容词或形容词词组之前。如：

1. 见了两妖，大笑起来，说道："当年凤管与鸾箫，娇媚须知压二乔。今日容颜何处去，空留强悍老丰标。"（明　《续西游记》第二十三回）

2. 愁他无意藏娇舌，笑我多情空好音。倘得交交还呖呖，双飞双宿过春深。（清　《宛如约》第一回）

3. 童奶奶道："这向穷忙的不知是甚么。空买了棉花合布，日常没点功夫替他做出来，他自己又动不的手。"（清 《醒世姻缘传》第七十九回）

（十六）才

"才"表限定范围副词在东汉就已经存在，表"仅、不过、至少"。"才"可修饰动词或动词短语和数量名词，且所修饰的动词结构中必然包括数量成分。如：

1. 若是米氏所生之子，今才二十岁，便连夜读书，也不能中举中进士如此之速。（明 《石点头》第一回）

2. 话分两头，本京苏州胡同，有一个锦衣卫王指挥，年纪才得三十来岁，娶一个嫂子，姓司，年纪也才二十八岁。（明 《型世言》第十二回）

3. 傻狗说："才走了几步儿你就乏了，这还有二十多里呢，走罢！"（清 《儿女英雄传》第四回）

（十七）单

"单"作表限定范围副词，用来限定动作行为或事物的范围，说明范围的狭窄。如：

1. 且说崔尚书听见张二妈说了这许多话，咬牙切齿，恨入骨髓，思量了一夜，到得次早，忙忙写表奏上宪宗皇帝，单说韩夫人一家不该在京居住，仍享俸禄的意思。（明 《韩湘子全传》第二十六回）

2. 时必济道："如今单一个鼎，收不局来了。"（明 《型世言》第三十二回）

3. 这时候，家人送进三张报纸来，淡湖故意接在手里，自己拿着两张，单把和侯翱初打了关节的那张，放在桌上。（清 《二十年目睹之怪现状》第六十六回）

（十八）还

"还"表限定范围副词，用于表示范围的扩大，即在已有的范围外另有增益或补充。如：

1. 陈兄原券在床边木箱之内，还有我平日贪谋强诈得别人家田宅文券，共有一十三纸，也在箱里。（明 《二刻拍案惊奇》卷十六）

2. 只是还问他要一千两，不知他肯出不肯出。又不知几时拿得来。（清 《醒世姻缘传》第五回）

（十九）光

"光"为表限定范围副词，明代已经产生但是用例不多，在《型世言》《西游记》等一例用例都没有，到清代用才逐渐多了。如：

1. 今番见了这出色的人物，料想是他了，不觉三魂飘荡，七魄飞扬，一对眼睛光射定在这女子身上。真个是观之不足，看之有余。（明 《喻世明言》第六卷）

2. 妙香道："旁边添了一个男人，怎样好题？若是光是个女人，我便题了。园里能诗的人多着哩，何必找我？我是不题的！"（清 《绮楼重梦》第二十九回）

3. 不过我可要提醒你们，我不是长韩秀的威风，灭你们的锐气，韩秀可不好惹呀，外人不说，光他们亲叔伯弟兄，韩忠、韩孝、韩勇、韩猛、金银铜铁八大锤就够厉害的。（清 《三侠剑》第九回）

有上面的例证，我们可以看出范围副词"光"放在动词前像例1、例2，就把动作、状态、现象限制在某种特定的范围内，且排斥这个范围以外的任何情况，而放在名词性成分之前像例3，则限定事物的范围。

（二十）刚

"刚"作表限定范围副词，表示数量少，意义相当于"仅""只"。如：

1. 金莲快嘴，说道："吃螃蟹得些金华酒吃才好!"又道："只刚一味螃蟹就着酒吃，得只烧鸭儿撕了来下酒。"（明《金瓶梅》第三十五回）

2. 只怕早晨一死，晚上家业已尽，刚剩你臭败尸骸，人人掩鼻吐唾。（明《醋葫芦》第十一回）

3. 次日元旦，县官拜过了牌，脱了朝服，要换了红员领各庙行香，门子抖将开来与官穿在身上，底下的道袍长得拖出来了半截，两只手往外一伸，露出半截臂来，看看袖子刚得一尺九寸，两个摆裂开了半尺，道袍全全的露出外边。（清《醒世姻缘传》第三十六回）

（二十一）净₂

"净₂"作表限定范围副词，意义与"只""光"相近，修饰动词或者动词词组和名词或名词词组。如：

1. 可有一个情理，我们这个儿妇，他的母亲死了，我们亲家翁净剩了光棍子一个人。我说他想他女儿，让他上我这瞧瞧来，他一定接的家去，又便当怎么样呢？他要接定了，不接不行。（清《小五义》第九十回）

2. 小的问起来，他就提老爷从南省来，人帮的上千上万的银子，听说又娶了位少奶奶，净嫁妆就是十万黄金，十万白银。（清 文康《儿女英雄传》第三十一回）

（二十二）就

"就"作表限定的范围副词，意义相当于"仅""只"。后面可接动词或动词词组，也可接名词或名词词组，还可接小句子。如：

1. 那时元朝承平日久，沿海备御俱疏，就有几只船，几百老弱军士，都不堪拒战，望风逃走。众倭公然登岸，少不得放火杀人。(明 《喻世明言》第十八卷)

2. 实也奇怪，我不知三日前，就同吃了迷魂药似的，怎样就听这老贼父子的言词，离间骨肉，一点都不知觉。此想来，也就追悔得要死了。(清 《续济公传》第一百一十九回)

3. 高源到上房给大人请安，大人说："你等同去探画春园，为何就你一人回来，他二人哪里去了？"(清 《彭公案》第九十五回)

(二十三) 止

"止"用于谓语前，表示限止范围，其后可接动词或动词组和名词或名词词组，译为"只""只是""仅仅"等。如：

1. 步兵走不上者，多被擒去。止剩得三十余骑，与庞德、马岱望陇西临洮而去。(明 《三国演义》第五十九回)

2. 段诚听了，须发倒竖，大怒道："别人都被抢去，止你家两口子都在！"(清 《绿野仙踪》第二十九回)

(二十四) 大都

"大都"作表限定范围副词。用在动词或动词短语前面，表示与动作相关的人物、事物或情况大多数具有动词或动词短语所表示的动作或特征。如：

1. 这三水县城壕低浅，城内官兵虽有千余，大都虚冒者多，况且未经战阵，以区区二虎将，率领精锐喽啰，此城可一拥而进。(明 《禅真后史》第四十五回)

2. 至于那些营官、哨官、千爷、副爷，他的功名大都从钻营奔竞而来，除了接差、送差、吃大烟、抱孩子之外，更有何事能为。(清 《官场现形记》第十二回)

（二十五）大多

"大多"作表限定范围副词。用在动词或动词短语和形容词或形容词短语之前，意思是"大部分""大多数"。我们共找到 9 例：明代 2 例（都出自《二刻拍案惊奇》），清代找到 1 例（《绣云阁》）。如：

1. 满街衢游人如蚁，大多来肉眼愚眉。【手指介】兄弟，你看那戴翠花，着锦衣，一班儿纷纷济济，走将来别是容仪。（明《二刻拍案惊奇》第四十卷）

2. 虾须大多软而不固，尔欲觅棺，可拾一巨蚌壳归家，不必工匠造作，以一半为停尸之所，一半为御土之用。厝在地中，日后产的孙孙肉在腹内，骨在外面，必要出些硕头人。（清《绣云阁》第五十回）

（二十六）单独

"单独"是两个表限定范围副词"单"和"独"组合而成，修饰动词和名词，我们共找到 2 例，都出现在清代的小说中。如：

1. 梦云遂与兄嫂相见，单独不见绣珠，问夫人道："母亲，绣珠因何不见？"夫人垂泪道："绣珠死于非命，是那年孩儿被盗劫去，料你必死，他也投江而死。"梦云闻言，感伤不已。（清《英云梦传》第十三回）

2. 赵氏曰："想来他单独一人，并无弟兄，犹恐他不允。"（清《后宋慈云走国全传》第十七回）

（二十七）多半

"多半"作表限定范围副词，义为"超过半数，大半"，由表限定范围副词"多"和"半"组合而成。我们共找到 95 例，如：

1. 他见城东南角砖土之色，新旧不等，鹿角多半毁坏，意将从此处攻进，却虚去西北上积草，诈为声势，欲哄我撤兵守西北，彼乘夜黑必爬东南角而进也。（明《三国演义》第十八回）

2. 黄龙道："这曲叫《枯桑引》又名《胡马嘶风曲》,乃军阵乐也。凡箜篌所奏,无和平之音,多半凄清悲壮;其至急者,可令人泣下。"(清 《老残游记》第十回)

(二十八)仅只

"仅只"作表限定范围副词,由表限定的"仅"和"只"组合而成。修饰名词或名词词组,相当于"仅仅"。因为是清代才出现的词语,所以我们只找到1例,如:

1. 既使多缓几日,亦无不可,何况仅只七天。(清 《仙侠五花剑》第十回)

(二十九)唯独(惟独)

"唯独"与"惟独"都是作表限定范围副词,依前所述"唯""惟"混用,我们把这两个词看作同一意义的两个不同写法,语音、语义和语法都是一样的。用在动词短语前面和名词或名词短语前面(常出现于句首),限定动作、行为和事物的范围,强调唯一性,排他性。如:

1. 惟独曹操,久未枭除,侵擅国权,恣心极乱。臣昔与车骑将军董承,图谋讨操,机事不密,承见陷害。(明 《三国演义》第七十三回)

2. 惟独点到狄希陈的名字,仓皇失措,走到东边,不曾立定,又过西边;西边不曾立定,又走到台中朝北站下;行站不住。(清 《醒世姻缘传》第九十一回)

3. 贾斌久听了别的都不觉怎么的,唯独听到胜三哥被抽到水漩之中,贾斌久把脚一跺:"哎呀,三哥呀,难道您出了危险不成? 三哥你要有个三长两短哥哥我也不活着了。"(清 《三侠剑》第四十二回)

(三十)偏偏

"偏偏"作表限定范围副词是表限定范围副词"偏"的重叠,

它的用法与"偏"基本相同，只是在表达强烈的主观意志时，语气更加固执。如：

1. 也是赵成恶贯满盈，几百张状词，偏偏这一张却在准数之中，又批个亲提，差本图里老拘审。（明　《石点头》第十回）

2. 今日我打算出去张罗，偏偏你这财神爷来了，可肯通融一肩？（清　《品花宝鉴》第十三回）

（三十一）光光$_2$

"光光$_2$"表限定范围副词，强调意味比"光"更浓。我们找到 8 例，如：

1. 舟中一应行李，尽被劫去，光光剩个身子。（明　《喻世明言》第九卷）

2. 执事僧道："且莫说贪睡，看他光光一个身子，金在那里？"（清　《济颠大师醉菩提全传》第十五回）

3. 四娘姨心内想道："为什么光光鹅蛋不收黄？"（清　《金台全传》第二回）

以上例证"光光"表限定时可以修饰名词或数量词像例 2、例 3，可以修饰动词（单双音节皆可）像例 1。

（三十二）单单

"单单"表限定范围副词，是副词"单"的重叠形式。表限定时，它比单用的副词"单"敲掉的意味更浓语气更重。唐贤清（2003）指出"单单"可能是宋代才开始出现的，我们在明清白话小说中共找到 504 处，如：

1. 林学士道："你既来庆寿，怎么不画些寿意？单单画这许多美人，莫不足把韩大人比做石季伦么？"（明　《韩湘子全传》第十六回）

2. 单单一个姑儿，兀自留他不住。（明　《禅真后史》第三十三回）

3. 起初师徒齐去赚钱还好，都去了几遭，那房里有斗把米豆，麻从吾拿了回家去与自己的老婆儿子吃了；几件衣裳，拿去当了他的；单单剩下一床棉被，又夺了盖在自己身上。（清 《醒世姻缘传》第二十六回）

4. 老公道："银子捐来的就是，拉什么报效！名字倒好听！咱一见你，就晓得你不是羊毛笔换来的！如果是科甲出身，怎么连个字都不认得？佛爷不准报效，有过上谕，通天底下，谁不晓得，单单你不遵旨。今儿若不是看查老爷分上，一定拿你交慎刑司，办你个'胆大钻营，卑鄙无耻'！下去候着罢！"（清 《官场现形记》第三十五回）

"单单"可以修饰动词（单双音节不限）像例1和例3，可修饰名词像例2，还可修饰主谓短语像例3。在句中的位置可以放在主语前像例2，也可放在句中。

（三十三）独独

"独独"是由副词"独"重叠而成。副词"独"即可以作范围副词又可作情状方式副词，副词"独独"只能作表限定范围副词。与表限定范围副词"独"相比它的语义更重，强调意味更浓。我们共找到81例，如：

1. 八戒慌了道："这是路，那个敢走？水面又宽，波浪又涌，独独一根木头，又细又滑，怎生动脚？"（明 《西游记》第九十八回）

2. 唐半偈道："虽说清净在心不在境，然毕竟山为佛居便称灵山，云为佛驾便名慈云，雨为佛施便为法雨，岂可人近西天不叨佛庇？若不如此，何以这些时独独太平？"（明 《后西游记》第三十二回）

3. 你这人好不识好歹！在下在黄泥冈吃了二十年饭，没一个不尊敬我公平正道，独独你足下不合式！（清 《续济公传》第一

百七十三回）

4. 就是在今日闯下了这场大祸，独独遇见济公来救他，也是上苍可怜他这点孝心，所以逢凶化吉。就是济公特为的跑来救他，也不过因他是个孝子。（清　《续济公传》第一百二十八回）

5. "说起来那一位统领不该应拿问，不该应正法？如今独独叫他一个人当了灾去，还算是他晦气呢!"（清　《官场现形记》第三十五回）

"独独"作表限定范围副词，其后可接名词或名词短语像例1，可接形容词像例2，可接主谓短语像例3，还可接动词（单双音节不限）或动词短语像例4和例5。

（三十四）刚刚

"刚刚"作表限定范围副词，后面接动词或动词短语和数量名词，限定事物或动作的范围，强调不多不少。如：

1. 炀帝看那丸药，只有黍米大校数一数，刚刚十颗。（明《隋炀帝艳史》第三十二回）

2. 壁上刚刚剩得一幅白纸，不见一个仙姬，也不见有诗歌、山水，犹如裱褙铺里做的祭轴一般挂在那里。（明　《韩湘子全传》第十六回）

3. 况且去太祖高皇帝的时节刚刚六七十年，正是那淳庞朝气的时候，生出来的都是好人，夭折去的都是些丑驴歪货。(清　《醒世姻缘传》第二十三回)

（三十五）仅仅

"仅仅"作表限定范围副词，在元代就已经产生。多修饰动词或动词短语、数量短语表示限于某个范围，意思跟"只"相同而强调意味更浓。我们找到49例，如：

1. 选遍六宫，仅仅选得两个：一个是陈氏，一个是蔡氏。（明　《隋炀帝艳史》第三回）

2. 法云道："吾兄塑这一尊观音，仅仅百金耳，乃沿门募化，舌敝口干，不知走了多少脚步，今财物自送上门，反弃而不耻，难为智矣。"寂如道："只是害他二命，予心不忍。"（清 《合浦珠》第九回）

（三十六）不光

"不光"是表限定的范围副词，表示"不仅，不但"。可修饰动词或动词短语，形容词或形容词短语，名词。我们共找到 15 例，如：

1. 众盗心慌，飞奔到我旧庵而来。不光慌急，跌的跌，跑的跑，伤筋动骨，如今两个头儿害病。今日曾说，哪里寻个僧道与他祈禳祷告。（明 《东度记》第五回）

2. 原来这山上并不光是豹、狼、虎、豹，连着猫、狗、老鼠、猴子、黄鼠狼，统通都有；至于猪、羊、牛，更不计其数了。（清 《官场现形记》第六十回）

（三十七）不仅

"不仅"表限定范围副词，表示不限于所说的范围，而是超出了这个范围。我们所查找的资料中只在清代白话小说中有 57 例，可修饰名词或名词词组，也可修饰动词或动词词组。如：

1. 席间茂州知州谈及此案，说道："陈氏刁猾，酷虐惨毒。若非大人神明，不仅死者含冤难申，问官且不免处分。大人明察，卑职实佩服。"（清 《施公案》第二百四十九回）

2. 玩第二句，有"国破家亡"一语，不仅是庶民之妻，公卿士大夫之妾，所谓"黄泉路窄易相逢"者，定是个有家有国的人主。（清 《十二楼》第一回）

（三十八）不止

"不止"表限定范围副词，表示超出某个数目或范围。我们共查找到 474 例。如：

1. 众人役忙用绳索系将下去，四面探看，只见这穴有些奇怪，直落去止有二三丈深，到了下面，便有一个横穴进去，进去不止十数步，便又是一个直穴。众人趴到穴边，望下一看，只见穴中黑暗就如深井一般，也不知有许多深浅。（明 《隋炀帝艳史》第二十一回）

2. 狐妖驮了经柜，走不止二三里路，见一个山冈坌道，他越山飞走去了。（明 《续西游记》第十八回）

3. 你现吃着他的饭，穿着他的衣，别说叫往四川去，他就叫往水里钻，火里跳，你也是说不得的。况且去的人也多着哩，不止是他一个，也不怕怎么的。（清 《醒世姻缘传》第九十四回）

4. 这句说话不止吾一个人听得，就是庵中老尼同邓素秋也知道的。（清 《续济公传》四十四回）

就我们所查阅的资料"不止"的这一用法的用例大部分修饰名词或名词词组和数量名词像例1、例2，还有部分修饰小句和动词或动词词组像例3、例4。《现代汉语八百词》中所论述"动词＋不止＋数量。动词多带了'了、过'"，我们查找的资料中没有这样的例证，只有像例2这样动词后直接接"不止"的，但有"不止＋动词（限单音节）＋数量，动词多带'了、过'，如：

5. 拙夫日常间也不止想过一次，只虑脂膏有限，不够贤侄阔用，恐难从命。（明 《醋葫芦》第十回）

6. 我想你必是跟我们公子睡了，必定不止来过三五次。（清 《狐狸缘全传》第四回）

7. 这位二姨太太，这样的事情也不止做了一次了，看得轧个把姘头、吊个把膀子没有什么希奇。（明 《九尾龟》第一百二十回）

（三十九）大半

"大半"作表限定范围副词，用在动词或动词短语前面，语

义可前指主语表示所述人物或事物的大部分、大多数，可以后指
动词限定动作行为的范围。如：

1. 到了苑中，不期此时乃仲冬时候，百花俱已开过，树木大
半凋零。（明 《隋炀帝艳史》第十三回）

2. 自从接事之后，因见地方平静，所有的兵丁大半是吃粮不
管事。他的前任已经有两成缺额，到他接手便借裁汰老弱为名，
又一去去了两三成。（清 《官场现形记》第三十回）

（四十）大抵

"大抵"作表限定范围副词，用在句首或谓语前，表示所述
事实属于大多数的情况。修饰名词或名词短语、动词或动词短语
和形容词或形容词短语，若修饰动词动作大多是已经完成
的。如：

1. 若问到一举登科，尽付与东流之水，此是为何？大抵发达
之人，一来是祖宗阴德，二来要自己功夫。有德者天必有报，有
学者天又惜其若心，报以今生富贵。（明 《石点头》第七回）

2. 故在外娶妾，不唯审择外家，兼亦宜审媒人居止，及靠店
家一同核实，方可无失。然大抵不及娶本地人女，为更稳也。
（明 《杜骗新书·娶妾在船夜被拐》）

3. 见那曲折槅子是向西转过去的，等柳条儿撒玻璃挡儿的这
个当儿，回头一看，见那槅子东一面，长长短短横的竖的贴着无
数诗笺，都是公子的近作。看了看，也有几首寄怀言志的，大抵
吟风弄月居多，一时也看不完。（清 《儿女英雄传》第二十九
回）

4. 况肯作妾者，大抵小家女子，嫁我垂暮之人，岂能相安？
恐怕子不能生，反弄出许多丑态来，白白污辱门风，更不好了。
（清 《娱目醒心编》卷二）

（四十一）另外

"另外"作表限定范围副词。修饰动词或动词短语且动词单双音节不限，表示所增加的动作、行为在上文所述范围之外。它前后常常出现"再""又""还"等副词。如：

1. 吕岳曰："吾自有法取之。"徐芳曰："如今且把擒周将解往朝歌请罪，吾另外再作一本，称赞老师功德，并请益兵防守。"吕岳曰："不必言及吾等，你乃纣臣，理当如此；我是道门，又不受他爵绿：言之无用。"（明　《封神演义》第六十八回）

2. 奶奶不知道，我们家的姑娘不算，另外有两个姑娘，真是天上少有，地下无双。（清　《红楼梦》第六十五回）

（四十二）不过

"不过"表限定范围副词，含有往小里或轻里说的意味，表示"不仅，不但"。可以用在谓词性成分前，也可用在名词或数量词前。如：

1. 亲戚咸称："此子不过一农夫耳，这等孝道，感动得人。"（明　《古今律条公案·汤县尹申奖张孝子》）

2. 无尘道："我们和尚没个妇人，不过老的寻徒弟，小的寻师弟，如今我和你兑吧，便让你先。"（明　《型世言》第三十五回）

3. 监生自恃了自己有钱，又道不过是吊死人命，又欺侮狄希陈是个署印首领小官，不把放在心上。（清　《醒世姻缘传》第九十四回）

（四十三）只自

"只自"是有表限定范围副词"只"加词尾"自"组合而成，其后接动词或动词词组。如：

1. 我教你一着：今日归去，都不要发作，也不要说，只自做每日一般。明朝便少做些炊饼出来卖，我自在巷口等你。（明　《金

瓶梅》第五回）

2. 甚么真个！不知他待怎么？只自乍听了恶囊的人荒！到其间，这真的事也假得的么？（清　《醒世姻缘传》第四十六回）

（四十四）无过

"无过"表示话题所述的内容不超出其后所列的范围。我们共找到 234 处，其后可接动词或动词词组，还可接名词。如：

1. 东坡学士执掌丝纶，日觐天颜，到也不以为事，慌得谢端卿面上红热，心头突突地跳。矜持了一回，按定心神，来到大雄宝殿，杂于侍者之中，无过是添香剪烛，供食铺灯。（明　《醒世恒言》第十二卷）

2. 调寄"蝶恋花"人生处世，无过情与理而已。（清　《隋唐演义》第七十九回）

（四十五）寡寡

"寡寡"由"寡"重叠而来，表是数量少，用法近似于"单单"，我们只找到 2 例，都出现在夹杂有吴方言的作品中，都是修饰动词词组且词组中都包含数量结构。如：

1. 阮胜道："田荒了，家中什物换米吃，当柴烧了，寡寡剩得三人，怎么捱？"（明　《型世言》第三十三回）

2. 内中有的道："如花似玉这样一个标致女子，几个字儿，就哄得来？张天师的符也没这样灵感。还是送他百把银子，或者他看钞儿面上，寡寡是这一封书，他也是个尚书，想则怕这封是圣旨着哩。"（清　《生绡剪》第十一回）

（四十六）偏生

"偏生"意义与"偏偏"同，是方言中的表限定范围副词。我们共找到 13 例，其后可接动词或动词词组，也可接名词或名词词组。如：

1. 只见我们勤，偏生你懒惰。不是哼与唧，便是歇着坐。

（明 《续西游记》第十一回）

2. 晁源在京中坐监的时节，瞒了爹娘，偷把他住在下处，偏生留那晁住在那里看守，自己却到通州衙内久住；及至珍哥入到监中，自己又往通州随任，又留下晁住两口子在家照管珍哥。（清 《醒世姻缘传》第四十三回）

（四十七）只顾、只个

这组词都是表限定的"只"加不同的音节词尾组合而成。如：

1. 月娘便道："原来是个傻孩子！你有话只顾说便好，如何寻起这条路起来！"（明 《金瓶梅》第二十六回）

2. 若只顾叫那混账匠人摆弄，可惜伤坏了这等美才。（清 《醒世姻缘传》第二十三回）

3. 王婆便叫道："师父！纸马也烧过了，还只顾搧打怎的？"（明 《金瓶梅》第八回）

4. 霍公安慰道："我自揣无罪，到京自有分辨，你们不用啼哭。只个文新是黄家外甥的人，如何连累她？"（清 《玉楼春》第十一回）

第三节　表类同范围副词

表类同范围副词是表示关联项之间是类同关系。这类范围副词语义指向可以是谓语中心词的关联项，也可是谓语中心词。能修饰动词或动词短语、形容词或形容词短语，不能修饰数量名短语。我们共找到3个：

（一）亦

"亦"作表类同范围副词，表示人与人、事物与事物之间的类同关系，可译为"也"。多出现在带有文言色彩的句子中。如：

1. 酒未毕，又有司隶大夫薛道衡，出位奏道："微臣不才，亦有短章奉献。"（明 《隋炀帝艳史》第十一回）

2. 不若左定永平，西取保定，先成犄角之势，进则可图，退亦可守，此为上策。（清 《女仙外史》第十五回）

（二）也

"也"作表类同范围副词，类同可以是相同相近的事情或情况，可以是相同相近的性质或范畴，还可以是相同相近的变化趋势。如：

1. 智深看那市镇上时，也有卖肉的，也有卖菜的，也有酒店饼店。（明 《水浒传》第四回）

2. 前两天内外帘的主考、监临便隔帘商量，因本科赴试的士子较往年既多，中额自然较往年也多，填榜的时刻便须较往年宽展些才赶得及。（清 《儿女英雄传》第三十五回）

（三）也自

"也自"是表类同的"也"加词尾"自"组合而成。用法近似于"也"。如：

1. 高尚偏遗轩冕贵，目中全是邈王侯。齐王见仲子去了，也自起驾前行。却说仲子回家，把麻交与妻子，自家又去做草鞋。（明 《七十二朝人物演义》卷二十三）

2. 却说邓九公方才见公子合张金凤穿了孝来，也自诧异，及至安老爷说了半日，他才明白过来。（清 《儿女英雄传》第二十回）

第四节　表统计范围副词

表统计范围副词是对动作次数或事物数量的统计。这类范围副词语义指向句中的名词或名词短语。修饰动词或动词短语、名词或名词短语和数量名短语，修饰动词或动词短语时他们必须带上一个名词宾语，数量名词短语所含数量大于"一"。我们共找到14个：

（一）通₂

"通₂"作表统计范围副词，与其所修饰成分之间的结合不是很紧密，中间可以插入其他成分，后面可直接接数量短语，也可先接动词再接数量词。如：

1. 该分五十三行，长阔相折。通二千六百五十区。（明 《西湖二集》第三十四卷）

2. 有愿去的，编入队里。就和秦明带来的军汉，通有三五百人。（明 《水浒传》第三十四回）

（二）凡₂

"凡₂"作表统计范围副词，用在数量短语前边，表示合计。如：

1. 有人出于赤穴者，名曰"务相"，姓巴氏；有出于黑穴者凡四姓，曰"释氏"、"樊氏"、"柏氏"、"郑氏"，共五姓，俱出皆争为神。于是，相约以剑刺石穴屋，能着者为廪君。（明 《东西晋演义》第二十四回）

2. 又以女人品类不齐，故特编分群类，曰痴情司，曰结怨司，曰啼哭司，曰悲感司，曰含冤司，曰引咎司，曰热肠司，曰冷抱司，曰慧业司，曰风流司，曰疑妒司，曰妩媚司，凡十有二

司。(清 《海上尘天影》第一回)

(三) 共₂

"共₂"表统计范围副词,一般后接动词且动词后面一定跟有数量词,有时也可以直接加在数量词的前面省略动词。如:

1. 院院各占一胜地,院院各成一新式。每院分美人二十人,共三百二十名,下宫妾侍婢,不计其数。(明 《隋史遗文》第二十六回)

2. 进士做到宪长,庄家女儿又贤,又有才,自己生了五子,个个长成。两个妾生了三子,共是八子。(清 《醒世姻缘传》第九十八回)

(四) 总₂

"总₂"作表统计范围副词,其后接数量词或先接动词再接数量词。如:

1. 第一位是江西泰和县人,姓杨名遇,字士奇,号东里,时人称为西杨宰相;第二位乃是湖广石首县人,姓杨名溥,字弘济,号澹庵,居湖广之东,故人称为东杨宰相;第三位乃是福建建安县人,姓杨名荣,字勉仁,号默庵,居闽南,故人称为南杨宰相。总三人而共称之,故曰三杨。三杨阁老秉政,果然国家宁谧。(明 《于少保萃忠全传》第十三回)

2. 四五行书,先生总教了他够三十遍,他一句也念不上来;又分成两节儿教他,又念不上来;又分了四节子,他只是看雀子;又待去看门口吹打的。先生吆喝了两句。(清 《醒世姻缘传》第三十三回)

(五) 通共

"通共"作表统计范围副词,由同表统计的"通"和"共"组合而成。如:

1. 单提那老妪打头,引僧觉空,持棍在前,悟石随后,也有

张小乙，通共有二十余人，气吓吓一直赶到老妪家里。（明　《醒世恒言》第二十一卷）

2. 陈海秋接过来一看，见通共二十六台菜钱，十九场和钱，一百二十多个局钱，还有那一天陈海秋在他们那里碰和，没有带钱，就同范彩霞借了一百块钱做本钱，后来没有还他，一古脑儿合算起来，差不多要六百多块钱。（清　《九尾龟》第一百回）

（六）总共

"总共"作表统计范围副词，由同表统计的"总"和"共"组合而成。表示数量的总和，后面一定要出现表示数量的词语。如：

1. 自雍丘探至灌口，总共一百二十九处淤浅，随开明地方，报知炀帝。（明　《隋炀帝艳史》第二十八回）

2. 黄人瑞道："那才更不要紧呢！我说他那铺盖总共值不到十两银子，明日赏他十五两银子，他妈要喜欢的受不得呢。"（清　《老残游记》第十五回）

（七）拢总、拢共、合共

"拢总""拢共""合共"都是作表统计范围副词，意义与"一共"同。它们与修饰成分之间的结合不是很紧密，中间可以插入其他成分，因此其后面可直接接数量短语，也可先接动词再接数量词。我们找到"拢总"2 例、"拢共"1 例、"合共"16 例。如：

1. 原来真解没甚繁文，多不过一卷两卷，少只好片言半语，拢总收来仅有两小包袱。（明　《后西游记》第三十九回）

2. 我说凹而，敏姆，喊无，色姆，克兰司，是说拢总分几班？他（清　《海上尘天影》第五十三回）

3. 这册子上拢共六十二人，都是当世名人，要请各位按着省分去搜罗的。章、闻两位尤须留心。（清　《孽海花》第十三回）

4. 八个宫女俱已匹配，发在各局分办局务。又将运回当铺本钱，同客氏所存库项租息，合共兑收四百余万两，令蕉叶等登入档册。分派各人屯积米麦，广置地亩，以备荒欠之虞。（清　《瑶华传》第三十八回）

5. 臣等查得各省咨到采访已故之儒修诗文、墓志、行状，以及访闻事实，合共九十一人。（清　《儒林外史》第五十六回）

（八）统共、一共

"统共""一共"都作表统计范围副词，放在数量词之前或先接动词再接数量词，表示数量的总计，相当于"总共"。我们找到"统共"46 例、"一共"213 例，如：

1. 每逢朔望一并，后至五日一并，统共不下数千金，这都是江浙之民感恩之报。正是：昔沾恩德邱山重，致使钱财毛羽轻。（明　《梼杌闲评》第三十五回）

2. 我入房点了一点，统共一百三十二元，便拿出来交给他。（清　《二十年目睹之怪现状》第二回）

3. 亮祖因而立住了脚，细细看他的光景，马军步卒一共也不上五千之众。（明　《英烈传》第五十回）

4. 刘厚守说："烟壶二千两，古鼎三千六，玉磬一千三，挂屏三千二，一共一万零一百两。"（清　《官场现形记》第二十五回）

（九）一总₂

"一总₂"作表统计范围副词，表示数量的总和，意思和用法跟"一共、总共"相当，后边必须带数量词。如：

1. 元帅道："你们一总有多少人？"番兵道："小的们一总有二百五十个人。"（明　《三宝太监西洋记通俗演义》第六十回）

2. 咱用他救孩子的命哩，咱说的么！什么先十两后十两哩，我爽利一总给他二十两去。（清　《醒世姻缘传》第六十七回）

（十）都来

"都来"作表统计范围副词，由表总括的"都"和词尾"来"构成，用在数量词前，可译为"总共""一共"。我们只找到4例都出现在明代白话小说中且都在诗文中，如：

1. 八百军州真帝主，一条杆棒显雄豪。且说五代乱离，有诗四句：朱李石刘郭，梁唐晋汉周，都来十五帝，扰乱五十秋。这五代都是偏霸，未能混一。（明 《警世通言》第二十一卷）

2. 正是：动人春色娇还媚，惹蝶芳心软又浓。有诗为证：漫吐芳心说向谁？欲于何处寄相思？相思有尽情难尽，一日都来十二时。（明 《金瓶梅》第二十八回）

（十一）总来₂

"总来"除了有上面说的表总括的意义外，还可表统计。我们共找到5例都出现在明代的白话小说中，如：

1. 因说各处斋僧，总来尚不满四千之数，不知何日圆满？婆子道："老檀越发心之顷，便是圆满。只将万僧斋贝？亲之费，派在各庵院去，便了却老檀越的心愿。"（明 《三遂平妖传》第十二回）

2. 说那夏方，弄了这一千五百两银子，又自己私蓄得二三百两，总来约有二千之数。（明 《鼓掌绝尘》第十三回）

第五节　小结

通过前面四节的描写，我们对明清时期白话小说中的范围副词有了一个大致的了解。在此基础上，我们总结了他们的特点：

一、既有文言范围副词又有口语范围副词，既有官话范围副词又有方言范围副词。

这一时期白话小说中的范围副词可说是一个大杂烩，文白夹杂的现象是符合语言发展规律的。语言的发展是一个连续的过程，是旧语言的不断消失和新语言的不断产生，是一个相对稳定的体系。对上、中古时期部分范围副词的继承保证的语言的稳定性，而从当时人们口语中吸收新的范围副词又保证了语言的发展。另外，这也与明清白话小说的性质分不开。在绪论部分我们已经论述了它是市民阶级的精神文化产物，必然要求它通俗易懂，应和当时人们说话区别不大；但是小说又是文人所写，受了千年文化熏陶的他们很难从旧的文化中分离出来，或多或少还是会有旧文化的影子。

官话与方言并存是明清时期白话小说的一大特点。为了使小说不受地域的限制，小说家在创作的时候都力求使用全中国都能读懂的语言"官话"进行写作。但是当时交通不便、官话普及途径少等社会条件制约了官话的普及程度，在很多人的官话中夹杂了方言，或是出生地的方言或是长久居住地的方言。这点在文人创作的时候直接反映到其作品中。因此，我们总结出来的范围副词系统也不可避免地有官话的也有各地方言的，这当中尤以吴方言和山东方言最为突出。在第三章来源研究中会有详细的论述。

二、从结构形式上看，明清白话小说的范围副词体系与现代汉语的副词体系已经十分的接近了。

分析语法结构时学者往往以语素而不是音位为研究单位。因为音位只是没有意义的语音形式，是组成符号的部分。而语法的分析研究要求研究的不是符号的组成部分而是符号本身（音义的结合体）。所以，在语法系统里最基本的单位是语素，它可以组成所有的词。词的结构形式研究是对词语内部结构的考究，即对语素组合成词方式的考究。由一个语素形成的词为单纯词，有两个或更多的语素形成的词为合成词。就其外在表现形式来看，单纯词多为单音节词，合成词大部分为双音节词语，只有少量的为超过两个音节的多音节词。

上古时期的范围副词和同时期其他类词语一样单纯词（单音节词）占绝对的优势，中古时期汉语开始双音节化，范围副词也随之产生了双音节。到了明清时期白话小说中共有范围副词 127 个（见附表）。单纯词有 57 个，占 44.8%，合成词有 70 个，占 55.2%。这一数据与《现代汉语虚词例释》中收录的副词单纯词与复合词所占比例（单纯词占 32.7%，合成词占 67.3%）已经接近了，也进一步验证了明清时期是从上、中古时期到现代汉语的过渡时期。

三、这一时期的部分范围副词存在语义对立现象。

世界上的文字在表达语言时都有一个逐渐趋于精确的过程，这个过程中有可能出现一些游离状态，表达多个意义用同一个字，但这种现象会随着文字的不断发展而消亡。汉字也不例外，人们早就发现了这一现象，也在不断地规范这种游离的状态。相比上、中古时期一个词语多项语义杂糅，到明清时期已经有了很大的改观。但还是会存在少量语义对立情况，我们查到的范围副词有 59 个表总括范围副词，51 个表限定范围副词，3 个表类同范围副词，14 个表统计的范围副词。这当中大部分都是只属于四个此类中的一类，但还有少数存在语义对立现象既可表总括有可表限定的 4 个，既可表总括又可表统计有 6 个，造成这种语义矛盾现象的原因我们将在下一章节详细论述。

第三章

明清范围副词的来源研究

关于甲骨文中是否具有范围副词学术界有两种观点：一种是以管燮初（1953）、姜宝昌（1982）、陈梦家（1988）等为代表在讨论甲骨文副词中没有范围副词这一类，向熹（1993）更是明确提出"甲骨卜辞中没有范围副词"；另一种是以赵诚（1991）、沈培（1992）、张玉金（1994）、杨逢彬（2003）、李曦（2004）等为代表在论及甲骨文副词时都提到了范围副词，但是后一种每个人给出的范围副词词语都不相同。赵诚只列了"咸"一个，沈培列了"率、皆、亦、咸、卒"五个，张玉金列了"皆、率、同、历"四个，杨逢彬列了"咸、率"两个，李曦列了"率、咸、皆、衣"四个。由于甲骨文的很多的卜辞都有待进一步的考证，对这样的语料进行分析得出的范围副词研究成果我们认为还有可供商榷的余地，因此在本章中我们所考证的范围副词的最早用例都没有推及到甲骨文时期。

本章主要讨论明清白话小说中出现的范围副词的来源，我们按照其产生的时期分别论证。

第一节　上古时期范围副词

这一时期的范围副词都是单纯词，有很多都是学者论述的很多的如"皆""悉""都"等，这一类词我们不再论述。我只选取了这一时期产生一直沿用至今的和清代以后就消失的词语进行探讨。另这一时期产生的范围副词有存在语义对立现象的我们在第四节会单独论述，这里不论述。

（一）一直沿用至今的范围副词

这一类范围副词是明清白话小说中出现的产生于上古时期且一直沿用至今的。

1. 博

"博"《说文解字》（以下简称《说文》）中解释为"博，大通也。"桂馥注："大通也者，当是大也，通也。"可见"博"本义是广大、通达。在《礼记·中庸》中有"博厚所以载物也"。由于"博"常居于动词之前逐渐演变为表总括的范围副词，这一过程在先秦就已经完成且一直沿用至今（明清时期前面有例证此处省略）。如：

（1）风雨博施，万物各得其和以生，各得其养以成。（先秦　《荀子·天论》）

（2）至今上即位，博开艺能之路，悉延百端之学，通一伎之士咸得自效，绝伦超奇者为右，无所阿私，数年之间，太卜大集。（西汉　《史记·龟策列传》）

（3）观王公缙绅之士，每博论之馀，何尝不以诗为口实。（齐梁时期　《诗品·序》）

（4）古者天子诸侯，自国至于乡党皆有学，博置教导之官而严其选。（宋　王安石《上仁宗皇帝言事书》）

（5）献策常博访老兵退卒，询问戚继光练兵作战事迹，与戚继光的《练兵实纪》《纪效新书》相印证，故对近代军旅之事，亦深有研究，非一般徒卖弄《孙子兵法》，泥古不化者可比。（当代　姚雪垠《李自成》）

2. 徒

徒，《说文》"步行也，从辵土声"。据此可知"徒"的本义应为"步行"，有例为证。如：

（1）初九，贲其趾，舍车而徒。（《周易·贲》）

"徒"作表限定范围副词，朱骏声的《说文通训定声》中有："无车而行谓之徒，无车而战谓之徒，无舟而渡谓之徒，故《声类》：'徒，空也。'"他将"徒"的副词用法归结于"假借"。但我们不赞成他的这一"假借"说，如他所言我们可认为正是"无车""无舟"就只剩下"步行"了，而且在其后面又经常接动词或动词短语具备了虚化的语法条件，由此虚化为义项为"仅仅，只"的限定范围副词，这一用法在战国时期就已经出现，如：

（2）今之君子，岂徒顺之，又从为之辞。（《孟子·公孙丑下》）

（3）虽在贫穷徒处之势，亦取象于是矣。夫是之谓吉人。（《荀子·仲尼》）

（4）察九有之所以亡者，徒从饰乐也。（《墨子·非乐上》）

（5）其国亡矣，徒葬于齐尔。（《春秋公羊传》）

这几个例证无论是用在动词谓语前，表示所述事实仅限于事态的一个方面如例（4）；还是用在动词前，表示所述是某一实体单独所为，如例（5）。用在动词谓语前，表示所述是唯一的原因或唯一的选择例（6）。所阐述的情况与其他的部分都不一样。"徒"的这一用法一直沿用至今，如：

（6）适应环境生出来的，都是经过苦心研究，想实际的解决时局，并不是徒托空谈，所以他们的学说很可供我们今日之参考。（李宗吾《厚黑学》）

3. 啻

"啻"，是少数《说文》没有解释本义的字之一，只是对它的使用情况进行了描述"啻，语时不啻也。从口帝声。一曰啻，諟也"。鉴于它在我们所能查找到的字典词典中都只有副词和拟声词的义项，我们无从推知它范围副词义的来源。但从现有的文献我们可以推知"啻"作表现定范围副词的用法在战国时期就已经存在了，且一直沿用到现代。如：

（1）尔不克敬，尔不啻不有尔土，予亦致天之罚于尔躬！（先秦　《尚书·周书》）

（2）臣以死奋笔，奚啻其闻之也！（先秦　《国语·鲁语》）

（3）妇笑曰："若使新妇得配参军，生儿故可不啻如此！"（南朝宋　刘义庆《世说新语》第二十五）

（4）宦游何啻路九折，归卧恨无山万重。（宋　陆游《桐庐县泛舟东归》）

（5）伍老的革命经历，不啻是七十年中国革命历史的一个缩影。（《人民日报》）

值得注意的是"啻"作范围副词从产生起一般都不单独出现，常常与"不""匪""奚"等连用表限定。

4. 独

"独"，《说文·犬部》中有"㺲，犬相得而斗也。从犬蜀声。羊为群，犬为独也。一曰北嚻山有独狢兽，如虎，白身，豕鬛，尾如马"。许慎从小篆的字形还结合了对动物习性的描写，力图寻求字的本义。对此，段玉裁进一步解释为："犬好斗，好斗则独而不群。"结合二人的解释我们可知"独"的本义应为"单独"，上古文献资料证明了"独"具有这一义项。如：

（1）《象》曰："有孚挛如"，不独富也。（先秦　《周易·上经·小畜》）

（2）观天下之物无可以称其德者，如此，则得不以少为贵乎？是故君子慎其独也。（先秦 《礼记·礼器》）

由于词义的泛化"独"的实词义项脱落，又因为常出现在动词和形容词前，逐渐虚化为表限定范围副词。"独"上古时期就已经具有了这一用法，如：

（3）《象》曰："频复之厉"，义无咎也。六四，中行独复。（先秦 《周易·上经·复》）

（4）是故所欲有甚于生者，所恶有甚于死者，非独贤者有是心也，人皆有之，贤者能勿丧耳。（先秦 《孟子·告子》）

（5）一手独拍，虽疾无声。（先秦 《韩非子·功名》）

（6）通一经之士不能独知其辞，皆集会五经家，相与共讲习读之，乃能通知其意，多尔雅之文。（《史记·乐书》）

"独"的这种用法在其后各个时期均有用例，一直沿用到现在，例如：

（7）闯王每次遇到危险关头，总是身先士卒，独当大敌，今晚我对他很不放心。（当代 姚雪垠《李自成》）

（8）上面也依然是五张小板桌；独有原是木棂的后窗却换嵌了玻璃。（《鲁迅全集》二卷）

5. 仅

"仅"，《说文·人部》中有"材能也，从人堇声"。段玉裁注："材，今俗用之纔字也。材能，言仅能也。"其本义为"仅能"。《国语·楚语上》："（楚王之台）数年乃成，愿得诸侯与始升焉，诸侯皆距，无有至者。而后使太宰启疆请于鲁侯，惧之以蜀之役，而仅得以来。"由此引申为"少"，《春秋公羊传·恒公三年》中有"此其曰有年何？仅有年也。彼其曰大有年何？大丰年也"。这个"少"既可是同一个范围内相对少的部分，也可以是不同范围相对少的部分。随着人们认识的深入，"少"由具体的概念演化为抽象的逻辑概念。由于其常出现在动词前，便逐渐的虚化为限定副词。"仅"表限定副词的用法在先秦就已经存在。如：

（1）今天降灾于周室，余一人仅能守府。（先秦　《国语·周语中》）

（2）居东三年，诛兄放弟，仅免其身，戚戚然以至于死：此天人之危惧者也。（先秦　《列子》卷七）

"仅"从产生后就一直是表限定范围副词中的高频词汇，一直到现代它也是常用表限定范围副词之一，如：

（3）我想，这绺红布条是这家里仅有的一点新年意味了。（杨朔　《上尉同志》）

6. 凡

"凡"，《说文·二部》中有"凡，冣括而言也"。段玉裁注"（凡）聚括之谓，举其凡，则若网在纲"。但依据"凡"的金文，我们可知其本义应是铸造器物的模子，《说文》中说的"凡是"是其引申义，表总括范围和表统计的范围副词都由此虚化而来。据武振玉（2006）《两周金文词类研究》中所列例证："凡兴士被甲，用兵五十人以上，必会王符，乃敢行之。""凡以公车斩首二百又□又五人。"等等，"凡"的这两种范围副词的用法在西周时期都已经出现。这两种范围副词用法至产生一直沿用至今，意义用法都没有太大的变化。如：

（1）凡有农民运动各县，梭标队便迅速地发展。（《毛泽东选集》）

（2）余致力于国民革命，凡四十年，其目的在求中国之自由平等。（孙中山《以革命安身立命》）

但是，"凡"表总括范围副词的用法口语书面语都用，表统计多出现在书面语中。

7. 各

"各"甲骨文写为山，孟迎俊（2009）综合各家学说指出"各"本义为"到""至"，并引用甲骨文材料"癸亥卜，贞：旬一日戾雨自东，九日辛未大采各百自北，雷"等加以佐证。但由于在以后的使用过程中"各"本义在文献中用例少，倒是表示"各自、各个"的意义常在文献中出现，人们误将"各"的这一派生义当成了其本义。如：

（1）时乘六龙以御天。乾道变化，各正性命。（《周易·上经·乾》）

（2）各守尔典，以承天休。（《尚书·汤诰》）

例（1）"各正性命"指各自根据各自的生存状态静养精神，"各"既可作代词代指前面的"万物"，也可作副词"各"前面省略了"万物"这一主语。例（2）也是一样，这两例中的"各"处在虚实词临界点。到后来"各"常用来修辞动词、形容词，"各自、各个"意义进一步虚化，"各"逐渐虚化成表限定范围副词，从先秦一直沿用至今。如：

（3）令鼓人各复其所，非僚勿从。（《国语·晋语》）

（4）是故小夷言伐而不得言战，大夷言战而不得言获，中国言获而不得言执，各有辞也。（西汉　董仲舒《春秋繁露》）

（5）去矣各异趣，何爲浪露巾？（唐　韩愈《送惠师》）

（6）赵朔自与程婴同出府门，各逃性命，不觉在路五六个月。（明　徐元《八义记》）

（7）一个人有他的身心，与众人各异。（朱自清　《朱自清全集》）

（二）明清以后不用或很少使用的范围副词

这一类范围副词在明清时期使用到了现代人们已经很少使用或不再使用。

1. 惟/维/唯

不仅上古时期的很多文献这三个字是混用的，到现在还有很多人"唯""惟"混用，所以本书将他们列在一起讨论。杨伯峻先生将这一现象的产生的原因归为："'唯''惟''维'这三个字本来各有意义，后来因为它们的读音和形状都极相近，尤其作为虚词，这三个字便相互混用。"①

唯，《说文·口部》中有"诺也。从口隹声"。惟，《说文·心部》中解释"凡思也。从心隹声"。维，《说文·糸部》解释为"车盖维也。从纟隹声"。这三个字副词用法是他们的假借义，与本义之间没有必然的联系。这三个字表限定范围副词最晚先秦就已经存在了。如：

（1）盈天地之间者唯万物。（《周易·序卦》）

（2）以台正于四方，惟恐德弗类，兹故弗言。（《尚书·商书》）

（3）维迩言是听，维迩言是争！（《诗经·小雅·小旻》）

这三个词表限定，可出现在句中也可以位于句首，构成如例（3）的"唯/惟/维……＋是"的结构。这三词都属于文言虚词，在此后的各个时期都有用例到了现代一般只出现在书面语中。如：

（4）母亲早已起来，惟恐惊醒他，走到外面去。（《火光在前》）

2. 坌

《说文》中没有这个字。《字汇》中有："坌，同坋。"《说文》："坋，尘也。""坌"的本义为"尘埃"，是个名词。尘埃易黏附于其他物体之上，由此引申出动词义"聚集"，表总括范围

---

① 杨伯峻：《春秋左传注》，中华书局 1981 年版，第 182 页。

副词"坌"应是由此引申而来。表总括范围副词"坌",早在西汉时期就已经出现在以后的各个时期都有少量的用例。如:

（1）登陂陀之长阪兮,坌入曾宫之嵯峨。（西汉　《史记·司马相如传》）

（2）四垂无蔽,万景坌入。（唐　刘禹锡《楚望赋》）

（3）幽趣坌来会,俗纷顿可推。（宋　沈遘《和江邻几送文丞相还游普安院》）

关于例1中的"坌"颜师古注引张揖曰:"坌,并也。"如前面对"坌"的描述明清白话小说中已经很少只在一本书中出现2次,明清后它的这一用法走向衰亡,到现代汉语人们已经不再把"坌"确定为范围副词。

3. 别

"别"《说文》中解释为"分解也,从冎从刀",由此可知"别"为会意字,本义为分解、分开。如:

（1）甲与丙相捽……里人公士丁救,别丙、甲。（《云梦秦墓竹简·封诊式》）

例（1）中的"别"为动词,它出现的语境都会有一个预设的整体存在,"别"动作的结果是将预设的整体分为两个或若干部分,每个部分都是相对独立的。这些部分最早都是实物,随着人们的认识的不断深入,这些实物也可以被抽象的概念代替。且因为"别"后来常出现在其他动词的前面,其作动词意义逐渐虚化为表现定的范围副词。早在上古时期这一虚化就已经完成,以后各个时期都有用例。如:

（2）项梁前使项羽别攻襄城,襄城坚守不下。（汉　《史记·项羽本纪》）

（3）呜呼!其竟以此而殒其生乎?抑别有疾而至斯乎?（唐　韩愈《祭十二郎文》）

（4）小官寡不敌众，只得回军。伏乞钧旨，别差勇将前去，方可成功。（明　《喻世明言》第三十九卷）

（5）是无难，别具本章。（清　方苞《狱中杂记》）

（6）上面这首《手莫伸》，在陈毅同志诗集中是独具一格，别开生面之作，这大概也可以叫作幽默诗吧。（秦牧《长河浪花集》）

"别"的这一种用法到现在只保留在了部分成语，因此在《现代汉语词典》中已经没有它作范围副词的义项。它的这一用法在现代汉语中衰落与后来的"另""另外"的产生和发展有密切的联系。

4. 毕

毕，《说文》解释为"毕，田网也"。本义为用以捕捉禽兽的长柄网。在《诗·小雅·鸳鸯》中有"鸳鸯于飞，毕之罗之"。由其本义"长柄网"是用来捉捕禽兽的工具，引申为动词表示行为动作的完结、终止。《孟子·滕文公上》中有"公事毕而后敢治私事。""毕"副词义是由其动词义进一步虚化而来，表总括。在先秦时期就已经形成，且至现代没有大的变化。如：

（1）惟戊午，王次于河朔，群后以师毕会。（《尚书·周书·泰誓中第二》）

（2）群贤毕至，少长咸集。（晋　王羲之《兰亭集序》）

（3）下网召之，万鱼毕聚矣。（《仙杂记·卷八》）

（4）对面一列山脉，刀劈斧砍般直落江中，岩石毕露，青黛绀红，天成一道画廊，沿江而走，好不壮观。（《人民日报》1993）

但"毕"作表总括范围副词的用法到现在只存在于一些特定的词组中，学者们更多地倾向于将"毕露""毕集"等看作一个词，在《现代汉语词典》中也没有列举"毕"的副词义项，可见在现代多数人的观念里"毕"作范围副词的用法算消失了。

5. 特

"特",《说文·牛部》中有"特,朴特,牛父也"。可知其本义是"牛"。段玉裁注"阳数奇,引伸之为凡单独之称",进一步解释了"特"由其本义引申为"单独"的过程。《尔雅·释水》:"大夫方舟,士特舟。"郭璞注:"单船。"《左传·昭公十四年》:"长孤幼,养老疾,收介特。"杜预注:"介特,单身民也,收聚不使流散。""单独"就包括了［＋范围］［＋数量单一］。随着词义的泛化,中心语素［＋范围］不变,限定语素增加了由［＋数量单一］泛化为［＋少量］的。在后来的使用中其后常接动词和形容词,逐渐虚化为表限量限定副词。春秋战国时期就已经形成了这一用法。如:

(1) 特相会,往来称地,让事也。(《左传·桓公二年》)

(2) 是故古者天子之立三公、诸侯、卿之宰、乡长、家君,非特富贵游侠而择之也,将使助治乱刑政也。(《墨子·尚同上》)

这一用法在以后各个时期都有例证,到现在在一些经典的文学作品中还有用,如:

(3) 实则《离骚》之异于《诗》者,特在形式藻采之间耳。(鲁迅《汉文学史纲要·屈原及宋玉》)

但由于"特"作表限定范围副词的用法文言色彩浓,它多用于书面语,在口语中人们一般不用。

第二节　中古时期范围副词

中古时期产生的范围副词在结构形式上较上古汉语来说已经逐渐的复杂化了,这一时期已经开始产生部分的范围副词开始有复合词了，这也是我们要论述的重点。这一节我们按单纯词和合成词分类对产生于这一时期的范围副词分别论述。

（一）单纯词

1. 只

"只"，《说文·只部》解释为"语已词也。从口，象气下引之形"。本义为语气词，我们可以找到相关文献。如：

（1）母也天只！不谅人只！（《诗经·墉风·柏舟》）

（2）青春受谢，白日昭只。（《楚辞·大招》）

学者们对"只"从本义如何演变为范围副词有以下两种代表的观念：一种认为"是古代汉语的'止'和'祇'写成了'只'"① 代表人物段玉裁、太田辰夫（1987）；另一种是张谊生（2000）提出的"只"作副词是由其他的意义演变而来。比较两种说法我们更倾向于前者。上古时期"止"和"祇"词性复杂、句法功能多样，这不符合交际要求的准确性不利于交流，因此人们才会找一个读音与之相近的，语法语义功能相对简单的另一个词来代替。按《广韵》中的反切"止"为"诸市切"，"只"为"诸氏切"，两个字的反切上字完全一样，反切下字"市"属于纸韵，"氏"属于止韵，两个韵都属于"止"摄，他们之间读音是相近的，而"只"在上古时期只有语气词一种用法，这些都符合代替字的要求，因此我们认为作副词"只"应是上古"止""祇"的代替字。"只"的表限定范围副词的用法在中古时期就已经出现，以后的各个时期都有用例：

（1）不但只辟虎狼，若有山川社庙血食恶神能作福祸者，以印封泥断其道路，则不复能神矣。（东晋 《抱朴子内篇·登涉》）

---

① ［日］太田辰夫著：《中国语历史文法》，蒋绍愚、徐昌华译，北京大学出版社1987年版，第261页。

（2）京口瓜州一水间，钟山只隔数重山（宋　王安石《泊船瓜州》）

（3）只这两句言语，道尽世人情态。（明　《初刻拍案惊奇》卷二十）

这种用法一直沿用至今，如：

（4）敌人只能砍下我们的头颅，决不能动摇我们的信仰！（方志敏　《诗一首》）

（5）路上只我一个人，背着手踱着。（《朱自清选集》）

必须指出一点，"只"后面接数量名词性短语，"一"是不能省略，这是与其他的限定副词不一样。"只"在现代汉语众多表独一限定范围副词中使用的频率是比较高的，人们对它的认同度高，由它做词素构成的其他限定副词也比较多。

2. 偏

"偏"，《说文·人部》中有"颇也。从人扁声"。段玉裁注"颇，头偏也。引申为凡偏之称"。据此可知其本义为"不居中"。如：

（1）无偏无陂，遵王之义。（《尚书·洪范》）

"不居中"就意味着有所偏向，由此引申出"不公正，偏袒"的义项，如：

（2）挟重资，归偏家，尧舜之所难也。（《商君书·算地》）

"不公正，偏袒"意味着看到的只是现象或物体的一部分，且语义重点强调的也是"偏袒"的那一个部分。由此引申为名词"部分"，《左传·成公十五年》中有"桓氏虽亡，必偏"。最后表"部分"的名词"偏"进一步虚化为表限定范围副词。"偏"的这一用法南朝时就已经出现了，以后各个时期都有用例，如：

（3）中庭杂树多，偏为梅咨嗟。（南朝宋　鲍照《梅花落》）

（4）当年最称意，数子不如君，战胜时偏许，名高人共闻。（唐　岑参《送王伯伦应制授正字归》）

（5）莺花有恨偏供我，桃李无言衹恼人。（宋　朱淑真《问春》）

"偏"的这种用法一直沿用至今，在张斌主编的《现代汉语虚词词典》和侯学超的《现代汉语虚词词典》中都有记载。在现当代文学作品中我们也很容易找到例证，如：

（6）三仙姑半辈没有脸红过，偏这会撑不住气了，一道道热汗在脸上流。（赵树理《小二黑结婚》）

3. 才

"才"，《说文·才部》解释为"艸木之初也"。由此可知其本义为草木之初，《说文通训定声》中有"才者，引申为本始之义，又引申为仅、暂之义"。段玉裁认为副词"才"演变的路径：草木之初→本始→仅。我们认为表限定的范围副词"才"直接由其本义引申而来，"才"本义表示草木的茎（嫩芽）刚刚出土，其枝叶尚未出土的样子，这种状态下能看到的仅仅只有茎，由此引申出"仅仅""只"的义项。又因为其在句中后常接动词或形容词，逐渐虚化为表限定范围副词。它的这一用法在东汉时期就已经出现，一直沿用至今。如：

（1）（秦皇帝）身死才数月耳，天下四面而攻之。（《汉书·贾山传》）

（2）山岫层深，侧道褊狭，林鄣邃险，路才容轨。（北魏郦道元《水经注·湿余水》）

（3）射则不能穿札，笔则才记姓名。（《颜氏家训·勉学》）

（4）五经子史，才四千卷，皆赤轴表纸，文字古拙。（《隋书·牛弘传》）

（5）洞中才数月，世上已千年。（罗广斌《在烈火中得到

永生》)

4. 单

"单",《说文·吅部》解释为"单,大也"。段玉裁注"当为大言也,浅人删言字。如讠加言也,浅人亦删言字"。我们认为"单"的范围副词义应是从其常用义"单独"义引申而来。随着词义的泛化,由"单独"义进一步虚化为表限定范围副词。这一用法在东汉时期就已经存在。如:

(1)矢不单杀,中必叠双。(东汉 班固《西都赋》)

这种用法产生以后各个时期都有用例,且一直沿用到现在,例如:

(2)你又来了,人家上街单为看戏么?(艾芜《端阳节》)

(3)我不再问他什么,单听着他往下说。(《春种秋收》)

在《现代汉语词典》、张斌主编的《现代汉语虚词词典》等工具书中都记录了"单"的这一用法。

5. 另

"另",《说文》中无此字,因此我们暂时不能考证出它的本义。但《五音集韵》中将其解释为"分居也"和"割开也",《正字通》则解释为"别异也"。"分居也"是离开某一范围单独居住,"割开也"是从某一范围中分出来,"别异也"是与某一范围内实物的区别。不管上面的三个哪一个是本义,他们的义项中都包含〔+范围〕〔+独一〕两个义素。由此演变而来的虚词保留了实词的这些义素形成了表限定范围副词。"另"表限定范围副词南朝时就已经出现。如:

(1)太子曰:"若如来通,则忠惠可以一名,孝慈不须另称。"(南朝梁 萧子显《南齐书》)

(2)注志阴为另拓,字体不同,疑非山晖志之阴,因前人附为一体,姑暂附于此。(《汉魏南北朝墓志选》)

"另"作表限定范围副词一直沿用至今,例如:

(3)此外,因环境与知识的特异,又使一部分车夫另成派别。(老舍《骆驼祥子》)

在本书第二章中,明清白话小说中的"另"后所接动词可以是双音节也可是单音节,到现代汉语"另"后所接动词都是单音节。

(二)合成词

1. 比比

"比比",是由表总括范围副词"比"重叠而成。和原组成成分"比"相比较,"比比"表总括强调的意味更浓。这一用法在东汉时期就产生后一直沿用至今。如:

(1)间者日月亡光,五星失行,郡国比比地动。(东汉 《汉书·哀帝纪》)

(2)此非唯伤事业亦自损性命世中比比皆汝所谙。(南北朝 《宋书》)

(3)盘牙不解,稂莠不除,比比有之,患由此起。(唐 元稹《元稹杭州刺史等制》)

(4)将无固守之志,兵无敢死之心,人情趋利,比比皆然。(清《隋唐演义》五三回)

(5)魏玛市内的名胜古迹比比皆是。(《人民日报》1993年2月)

2. 不过

关于"不过"由词组演变为范围副词的过程,刘利(1997、2004)、王霞(2003)、沈家煊(2004)、杨荣祥(2005)、王岩(2008)等都有研究。

刘利(1997、2004)主要是对上古时期双音节"不过"的考察。他依据"不过"出现句子的谓语成分,将其分三类论述。不同分为动词性的不过句，约数短语不过句，名词、代词、名词短语类不过句三类，并对他们分别论述。他发现不论是哪种谓语，"不过"都是修饰谓语做状语，谓语与主语都直接构成陈述关系。语义上，"不过"都是表示限止，都是把事情往小处、轻处说。据此他认为部分"不过"在上古时期应当分析为双音节副词。刘先生对"不过"从语义基础，句法的角度分析，这为我们提供了研究重新分析式复合式很好的方法参考，但缺乏对"不过"词汇化过程和动因作具体的研究。

王霞（2003）在文中指出"不过"语法化的过程"动词短语→复音副词→转折连词"。他还对复音副词"不过"出现理据进行了探讨，且指出限定副词进一步虚化为转折连词在汉语史中发生的频率比较高。

沈家煊（2004）解释了"不过$_1$"由词组演变为范围副词"不过$_2$"的词汇化过程和其演变的动因和机制。将"不过"演变的过程总结如下图：

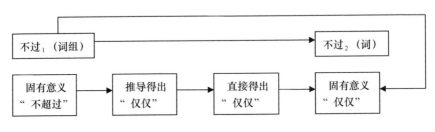

图1   "不过$_1$"词组词汇化为范围副词"不过$_2$"示意图

他在文中解释表"不超过"的"不过$_1$"不成词是因为"足量准则"起作用的结果，表示"仅仅，只是"的"不过$_2$"成词是"足量准则"和"不过量准则"同时作用的结果。

杨荣祥（2005）指出限定副词"不过"来源于否定副词"不"加动词"过"本义为"不超过"。他认为"不超过"含有限定意义，而"不过"后能带动词或动词词组，使它具有了演变为副词的语法条件。

王岩（2008）也指出"不过"语法化过程是"动词短语—范围副词—转折连词"。

关于范围副词"不过"产生的时间，刘利（1997、2004）认为是上古时期已经出现，沈家煊（2004）认为汉代就已经大量出现，杨荣祥（2005）认为是在唐代出现的，王霞（2003）和王岩（2008）没有给出具体的时间。

"不过"的词汇化过程，学者们已经论述得很详细了，我们不再作论述。我们只是觉得他们在讨论"不过"词汇化的过程中，没有考虑主观化的因素，没有考虑当时人们对词语的认同度。汉语的双音化是从西汉佛经引入开始，人们开始认同双音词也是从这个时期开始的，且这一时期的范围副词"不过"使用频率增多，所以我们赞同沈家煊（2004）认为"不过"成词应该是西汉以后且一直沿用至今。如：

（1）除守徼亭鄣塞，见卒不过二十万而已矣。（西汉 《史记》列传第十）

（2）王治不用刑罔，有罪者但罚其钱，随事轻重，虽复谋为恶逆，不过截右手而已。（东晋 《佛国记》一卷）

（3）（贺知章）又善草隶，每醉辄属词，笔不停辍，咸有可观，每纸不过数十字，好事者共传宝之。（元 《唐才子传》卷三）

（4）卖底货罢，他店里早已掏空，架子上那些装卫生衣的纸盒就是空的，不过摆在那里装幌子。（茅盾《茅盾短篇小说》）

查阅文献，我们发现无论哪个时期"不过"表限定范围副词，它前后经常会有说明或者解释的成分，且没有一例用于主语前的。

3. 不止

"不止"，是由否定副词"不"和表限定范围副词"止"组合而成。与原来的表限定范围副词"止"相比，新词增加了新的信息。"不止"在先秦到西汉的文献中出现大多数应看为一个词组是否定副词"不"加动词"止"，表示"不停止"。在《礼记·乐记》中有"今夫新乐，进俯退俯，奸声以滥，溺而不止，及优、侏儒，猱杂子女，不知父子，乐终不可以语，不可以道古，此新乐之发也。"但也有一例例外，《墨子·天志中》"此天之所不欲也。不止此而已"。这里的"不止"应看成是否定副词"不"和范围副词"止"的连用，因为上古时期他们连用出现的频率很低还远不能构成词汇化的条件。到中古时期"不""止"副词连用出现的频率开始多了，我们查找到了10例。如：

（1）每非汤、武而薄周、孔，在人间不止此事。（三国魏嵇康《与山巨源绝交书》）

（2）母颜色不变，笑而应曰："人谁不死？往所以不止汝者，恐不得其所也。以此并命，何恨之有哉？"（东晋《汉晋春秋》卷二）

（3）今若拒绝，势归北属，夷虏并力，以寇并、凉，则中国之费不止十亿。（南朝《后汉书》卷四十七）

（4）道德之事，不止在净与不净，让与不让也。此语直是人间所重，法师慕而言之，竟未知胜若为可让也。（唐《陈书》卷三十）

从上面的例证我们可以看出"不止"所修饰的成分复杂了，有修饰名词的例（1）、例（2），有修饰数词的例（3），有修饰动词例（4）。出现频率增加，在他们的中间不能插入其他的成分，修饰成分的多样化，据此我们认为在中古时期"不止"完成了词汇化的过程。而且"不止"在以后各个时期都有用例。如：

（5）元帅云："京城居民父老众多，必不止此。"（宋　《靖康纪闻》）

（6）孔明《梁父吟》当不止一篇，世所传仅此耳。（明　胡应麟《诗薮·周汉》）

（7）瑞丰不止是找个地位，苟安一时，而是去作小官儿，去作汉奸！（老舍《四世同堂》）

4. 大都

"大都"为限定范围副词，表示与动词或形容词相关的人物、事物或情况的范围，意思是"大部分""大多数"。"大都"是由两个近义词"大""都"复合而成①，它表限定范围副词的用法在北魏时期就已经产生，一直沿用至今。如：

（1）锉胡叶，煮三沸汤。待冷，接取清者，溲曲。以相著为限，大都欲小刚，勿令太泽。捣令可团便止亦不必满千杵。（北魏　《齐民要术》）

（2）大都女子由人者也，虽妻人之家，常自不得舒释。（唐　元稹《葬安氏志》）

（3）大都来是书生命里，不争将黄阁玉堂臣，几乎的做了违宣抗敕鬼。（元　马致远《荐福碑》）

（4）中国人中出自传的，大都是已离休的政府要人。或者，在他们辞世以后，由别人为他们立传。（姚明《我的世界我的梦》）

5. 到处、处处

这一组词语都是表总括的范围副词，都是指动作或状态的全部范围，但二者还是有细微的差别。"处处"既可指具体的处所也可以表示较为抽象的行为，泛指各处，而"到处"多指具体

---

① 在本人硕士论文《限定范围副词演变研究》中曾推导范围副词"大都"是从名词指古代王畿外围公的采地演变而来，但推导的过程过于牵强缺乏说服力，固我们放弃这一说法。

处所。

"处处"是从东汉开始使用就只有范围副词一种用法，且一直沿用至今。如：

（1）自哀、平间，郡国处处有豪桀，然莫足数。（东汉　《汉书·游侠传》卷九十二）

（2）今京师厮舍，死者相枕，郡县阡陌，处处有之，甚违周文掩骴之义。（南朝宋　《后汉书·孝桓帝纪》卷七）

（3）就中此地足别离，每夜唯闻处处悲。（潘重规　《敦煌变文集新书》卷一）

（4）我可以想象到，在十年八年以后，北京的全城会成为一座大的公园，处处美丽，处处清洁，处处有古迹，处处也有最新的卫生设备。（老舍《我热爱新北京》）

"到处"最早是一个偏正的词组，义为"到达的地方"。在南北朝时期《增壹阿含经》卷十二中有"在平正道中。御四马之车。无有凝滞。所欲到处。必果不疑"。"到达的地方"带有范围指项。到后来"到处"经常处于动词前作状语，为进一步虚化提供了语法环境。"到处"逐渐虚化为表总括范围副词，这一用法在东晋翻译的佛经中就已经出发，一直沿用至今：

（1）所至到处皆悉欢喜。有如是果实。是故尊者难陀。衣常鲜明。（东晋　僧伽跋澄等译《僧伽罗刹所集经》卷中）

（2）崔安潜到处贪残，只如西川，可为验矣，委之副贰，讵可平戎？（后晋　《旧唐书》卷一百八十二）

（3）燔尝曰："凡人不必待仕宦有位为职事，方为功业，但随力到处有以及物，即功业矣。"（元　脱脱等《宋史》卷四百三十）

（4）彼知舆地广轮之数，山川脉塞之形，兵卫之强弱，壤地之肥瘠，到处交结豪侠，赈恤贫穷，为收拾人心计。（清　王之

春《清朝柔远记》卷十三）

（5）此刻我做梦也想不到，在这块到处充满艺术气息的"绿草地"上，等待我的竟是那么多的辛酸、屈辱和无奈。（《中国北漂艺人生存实录》）

6. 独独

"独独"作表限定范围副词，在东汉支娄迦谶译《佛说无量清净平等觉经》中有"人在世间爱欲之中。独独去死生"。就我们所查找的资料在此之后"独独"也只是在翻译的佛典中出现，一直到元代"独独"开始用于佛典以外的文献。鉴于佛典翻译会因为原文的双音节而带来汉语单音节词语的双音节运用，所以我们赞成张振羽（2012）认为它"独独"是近代才产生的，明清时期开始大量的使用且一直沿用至今。如：

（1）（探子叩头谢科下）（樊哙云）不知项王败走那里去，俺每领些军马赶上，杀他一阵，也好分他的功，不要独独等这颗面之夫占尽了。（元 《汉高皇濯足气英布》）

（2）举世妇人妒的颇有，独独这位老娘，是个出类拔萃的醋海。（明 《醋葫芦》第十五回）

（3）此时施生早已回来了，独独不见了艾虎，好生着急，忙问书童。（清 《三侠五义》第一百一回）

（4）但同样是圆月，独独八月的这轮圆月，与往日不同，它给你带来的不是感动，而是莫名的伤感。（《中国北漂艺人生存实录》）

第三节　近代范围副词

近代新产生的范围副词相比前两个时期已经大幅度减少，新产生的词语多数为复合词。我们在第四节已经论述了明清时期新产生的范围副词，这一节中不再重复。另外，我们将范围副词加词尾组合成的复合词放入这一节论述，这当中有些词在明清时期才产生，但为了从体现近代汉语范围副词整体特点我们特作此安排。

（一）单纯词

1. 刚

"刚"，《说文·刀部》解释为"强断也。从刀冈声"。《说文》认为"刚"本义为"强劲"。依据徐山（2004）在《释"刚"》一文中所述通过分析"刚"的甲骨文繁型和简型，得出"刚"的本义域为"用工具捕杀［义素1］性情刚烈倔强的［义素2］公牛［义素3］"①。从"刚"的本义域，我们可以看到"刚"本身带有一定的范围"公牛"［义素3］，也就是动作的指向具有范围性，又由于"刚"在句中经常位于动词或动词词组前，逐渐地虚化为表限定范围副词。这一义项在宋代已经形成。如：

上古八千岁，才是一春秋，不应此日，刚把七十寿君侯。（宋　辛弃疾《水调歌头·庆韩南涧尚书七十》）

虽然在各个时期"刚"作表限定范围副词都有用例，现代李大钊的《什么是新文学》中有"我的意思以为刚是用白话作的文章，算不得新文学"，但是用例都不多见属于范围副词中的低频词汇，在《现代汉语词典》、张斌主编的《现代汉语虚词词典》等工具书中都没有记录"刚"的这一用法。

2. 浑

"浑"，《说文》解释为"浑，混流声也。从水，军声。一曰

---

① 参见徐山《释"刚"》，《河南科技大学学报》2004年第4期。

洿下也"。段玉裁进一步解释为"湿流声也。湿作混者误。湿，乱也。郦善长谓二水合流为浑涛。今人谓水浊为浑。从水。军声。户昆切。十三部。一曰洿下也。洿下曰。一曰窊下也"。依他们的论述我们可以判断"浑"本义是浊水下流的声音。因为是"二水合流"就意味原本不同的个体着合并变为一个整体，"浑"所指的是合并后的全部，由此引申为"全""整体"。如：

（1）合则浑，离则散，一人而兼统四体者，其身全乎？（汉　扬雄《法言·问道》）

（2）广南有舂堂，以浑木刳为槽，一槽两边约十杵，男女间立，以舂稻粮。（唐　刘恂《岭表录异》卷上）

后由于"浑"常出现在动词或动词词组前，"全""整体"的义项逐渐地虚化为表总括的范围副词，这在唐宋时期就已经出现。如：

（1）白头搔更短，浑欲不胜簪。（唐　杜甫《杜工部集·春望》）

（2）楼槛凌风，四边浑是青山绕。（宋　袁去华《点绛唇·登郢州城楼》）

但是因为"浑"作表总括范围副词的用法本身文言很浓，到明清时期白话小说中也只在一些诗词中（在本书第二章第一节有论述），到现代汉语"浑"已经没有了这一义项。

（二）合成词

1. 并乃

"并乃"在我们查找的资料中最早见于《黄帝内经·素问译解》"阴不胜其阳，则脉流薄疾，并乃狂"。这里的"并"是指由于误治而造成的寒邪与寒凉药物合并。与后面的"乃"不在同一个层次，"乃"是与其后的"狂"结合指的是误治后果会使患者变为狂躁实热证。"并乃"作为一个词出现是在唐代，由不在同一层次的成分变为词的过程由于没有找到例证暂时无法推导。后人整理唐代文献的《敦煌变文集》中我们找到 5 例都是表总括的范围副词。如：

（1）和尚既蒙太子问，实情并乃具说知。（卷三）

（2）刘家太子被人篡位，追捉之事，诸州颁下，出其兵马，并乃擒捉。（卷六）

这里的"并乃"既可与同义副词并用再修饰动词如例（1），又可直接修饰动词如例（2）。从唐代到元代用例很少，我们只在宋代的《太平广记》中找到 1 例：

（3）（众）并乃潜起，拔去之，复卧伺焉。（卷四三三）

明清小说中的使用情况前面第二章已经有论述这里省略，清代以后这个词已经不再出现。

2. 都来、都自、都则、只自、只个

这一组词都是附加式合成词，是有范围副词加上一个词尾组合而成。关于副词到底有多少个词尾，学者们的意见不一，太田辰夫（1958）提出副词后缀有"然、来、是、为、也、且、而、乎、在、其、经"11 个（249 页），志村良治（1984）研究中古副词系统时提出有"自、为、在、地、来、然、经、复、是等"（93 页），杨荣祥（2005）提出有"乎、然、尔、生、自、复、其、地、个、可"10 个（97 页），李崇兴（1998）和张振羽（2012）在研究近代汉语时都进一步确定"则"（253 页）也是副词词尾。基于前人研究的成果我们将这四个词放在一起一并讨论。

"都来"是范围副词"都"加词尾"来"组合而成。关于它学者们做了大量的论证工作，大家的意见也比较的一致。它在唐代中土文献中出现，还可写作"都卢"，唐宋时期使用频率高但进入元以后逐渐消失。如：

（1）经说比丘之众，其数都来多少。（唐　《敦煌变文集·佛说阿弥陀经讲经文》）

（2）天如镜面都来静，地似人心总不平。（唐　罗隐《晚眺》）

例（1）"都来"是表统计的范围副词，例（2）中的"都来"是表总括范围副词。但就我们统计的明清白话小说中它只作表统计范围副词。

"都自""只自"是范围副词"都""只"和词尾"自"组合而成。"都自"在中古三国时就已经产生，如：

（3）有作文唯尚多而家多猪羊之徒，作《蝉赋》二千余言，《隐士赋》三千余言，既无藻伟体，都自不似事，文章实自不当多。（三国　陆云《与兄平原书》）

"只自"作表限定范围副词在元代时已经出现，如：

（4）不遣姮娥窥户，空使骚人赏客尊俎预安排。无复弄清影，只自黯愁怀。（元　《顺斋乐府》）

蒋礼鸿（1988）指出"～自"唐末以后用例更为丰富，毕列举了大量的例证。依本书第二章中的论述，到明清时期白话小说中这两个用例已经非常少见了。

"都则"作表总括范围副词是表总括范围副词"都"和词尾"则"组合成的。这一用法在元代就已经产生，如：

（5）休猜做野水无人渡，你本待挟三策做公孙应举，眼见的不及第学渊明归去，怎知道这两桩儿都则是一梦华胥。（元　范子安《陈季卿误上竹叶舟》第一折）

"只个"作表限定范围副词由表限定"只"和词尾"个"组合而成。这一用法是到明代才出现，如：

（6）王婆便叫道："师父！纸马也烧过了，还只个搠打怎的？"（明　《金瓶梅》第八回）

这组词在明清白话小说中使用频率很低，到了现代已经都不再使用了。

第四节　明清时期特色范围副词

这一节主要是探讨明清时期才产生的范围副词，以及一些出现在明清白话小说中的方言范围副词的来源。我们从单纯词和合成词两个角度出发，分别论述。

（一）单纯词

1. 就

"就"，《说文·京部》解释为"高也，从京从尤，尤异于凡也"。桂馥注："此言人就高以居也。"由此可知其本义是"到高处去"。段玉裁进一步解释"《广韵》曰：'就，成也，迎也，即也。'皆其引申义"。由此可知，"就"可以作动词意为"靠近"。"就"从动词演变为表限定的副词，在邢志群（2004）的《从"就"的语法化看汉语语义演变中的"主观化"》中有详细的论述。他认为：表限定范围副词"就"是从早期的动词义"靠近"通过主观化引申虚化来的。具体公式为"距离靠近" ＜ "时间靠近"或者"逻辑概念靠近"，从话语功能的形成角度分析，在"概念 A ＋ 就 ＋ 概念 B"语境中，如果说话人或者听话人认为概念 B 没有他想象得那么好/重要，"就"表"仅仅/只"义。① 这种用法在明代就已经出现。如：

（1）丫鬟捧着雪花白米饭，一吃一添，放于秦重面前，就是

---

① 参见沈家煊、吴福祥、马加贝主编《语法化与语法研究》（二），商务印书馆 2005 年版。

一盏杂和汤。(明 《醒世恒言》第三卷)

这里的"就是"表示的是"只是一盏杂和汤"排除了其他的,极言东西少。如今"就"表限定范围副词十分常见,在一些经典的白话文献作品中我们都能找到例证。如:

(2)谁都说这末多年来就他们家有风水,人财两发。(丁玲《太阳照在桑干河上》)

(3)马老先生在海上四十天的功夫,就挣扎着爬起来一回。(老舍《二马》)

(4)我又不聋,你当是就你长了耳朵。 (杨朔《三千里江山》)

例(2)例(3)"就"作表限定范围副词限制的都是后面的动词,而例(4)这类"就"字直接放在名词或代词之前的,名词或代词后面往往另有动词,或者带有数量词,"就"限制的是句子的宾语,而不是动词。

2. 侪

"侪"《说文》的人部解释为"等辈也",可知它的本义为"同辈,同类的人",《礼记·乐记》中有"故先王之喜怒,皆得其侪焉"。同类的人由于兴趣爱好的一致容易发出一样的动作,于是"侪"又有"共同"义。《列子·汤问》中有"人性婉而从物,不竞不争。柔心而弱骨,不骄不忌;长幼侪居"。在《南史》卷八零中有"朱异家黥奴乃与其侪逾城投贼,景以为仪同,使至阙下以诱城内,乘马披锦袍诟曰:'朱异五十年仕宦,方得中领军。我始事侯王,已为仪同。'"这里的"侪"既可以理解为表情状方式副词"共同",也可以理解为表总括范围副词"全,都"。一直到明清时期这一用法只在少数小说(上一章已经有论述)和一些用吴方言写作的其他文学作品(如:冯梦龙《山歌》等)。到了现代"侪"表总括范围副词在现代汉语中已经不存在,只保留在上海方言中。如：

（1）大场个蚕豆俦是本地豆，老好个。

（2）吃过用过俦是钞票，一个人要合着五六百。

3. 光

"光"，甲骨文写为"🔥"，《说文》解释为"明也。从火在人上，光明意也"。可见其本义是"光亮、光芒"。它演变为表限定范围副词的过程，太田辰夫的《中国语历史文法》解释为：因为光滑的东西有光泽，所以光滑的东西也叫"光"。光滑的东西上面什么也没有粘住，所以一无所有也叫"光"。但是，比如在说"光身子"的时候，指的是一无所有的身体，即裸体，说的不是连身体都没有，相反，是只有身体的意思。"光"引申为用于"只有"即"仅仅有"的意思。① 这一过程在明代就已经完成（第二章中有例证），清代以后开始广泛的使用，且一直沿用至今。如：

（1）又李问道："你们家传卖解，光是跌扑打交、跑马走索这些本事，还有别的武艺没有？"（清 《野叟曝言》第二十二回）

（2）哈，还不自私自利哩！不管全村，光顾学校呀！（《正月新春》）

（3）不过你光是替她着想，你为什么不想到你自己。（巴金《寒夜》）

值得注意的是"光"表限定，只用于口语或者口语性强的文献中。

（二）合成词

1. 不光（明代后才形成）不仅

这两个词有一个共同的特点都是由否定副词"不"加一个表

---

① 参见［日］太田辰夫著《中国语历史文法》，蒋绍愚、徐昌华译，北京大学出版社1987年版。

限定范围副词构成。这里否定副词"不"是元语，引述并否定"信息量不足"的说法。相比较限定范围副词"光""仅"，新组成的词增加了新的义项。如果将原来的副词义项设定为 A，新组成的副词义项设定为 B，那么他们的关系如下图所示：

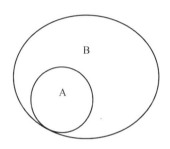

图 2　"不光""不仅"与"光""仅"意义关系对比

"不光"早在先秦文献《吕氏春秋·明理》中有"其日有斗蚀，有倍僪，有晕珥，有不光，有不及景，有众日并出，有昼盲，有霄见。"这里的"不光"还是一个词组可译为"不够亮"。"不光"作副词，应是在"光"有了表限定范围副词义之后产生的。由否定副词"不"修饰范围副词"光"而成，从明清时期产生后一直沿用至今。如：

（1）不光是冶金部，各个公司、厂矿、车间的领导班子，包括职能机构，都要加强。（《邓小平文选》）

（2）况且采购员也不光他一个，并不全靠他，可以拖一段时间。（高晓生《陈奂生包产》）

（3）迎春开花不光好看，它是迎春的，不怕冰雪寒霜，每年开得最早；年年开，也不死，越长越旺。（冯德英《迎春花》）

查阅北京大学语料库现代汉语部分，可以查到"不光"修饰动词的像例（1），也有像例（2）的修饰名词，还有像例（3）

的修饰形容词的。但正如《现代汉语词典》所解释的，"不光"表限定范围副词多用于口语。

与前面两个词的构词方式一样，"不仅"也是由否定副词"不"修饰范围副词"仅"组合而成。它最晚在唐代就已经出现，如：

（1）此象行军用火，即战不在兵之意。颂云海疆万里，则战争之烈，不仅在于中国也。（唐 《推背图》）

但是"不仅"产生以后并没有立刻被广泛地使用，在我们所调查的五代至明代期间的文献中没有找到"不仅"的用例。一直到清代限定范围副词"不仅"使用频率开始增多（在第二章中有论述）。到现代，"不仅"还保留了表限定的范围副词的用法，如：

（2）不仅雕塑，在一切艺术部门中，我们都可以见到，人们不喜欢平庸的、呆呆板板的东西。（秦牧《艺海拾贝》）

（3）林彪极不满意地说，"四个第一不落实的问题，不仅是几个连队的问题，带有一定普遍性。"（陶克、任燕军《大比武备忘录》）

这两个限定副词除了义项是对原有范围副词义项的增加外，又因为他们都不仅限制动作行为或者事物本身的范围或数量还限制言语自身的数量或范围，因此就有了一个共同的演变特点，就是他们都虚化为表转折的连词（这不是本书讨论的重点，故省略论述），且连词和副词的义项同时存在。

2. 全都

"全都"最早应是一个词组的身份出现的。在宋代的《朱熹文集》卷二十一中有"其或都狭民贫、役次频数、选差不行者，即许相度，或全都附入邻都，或将一部分作数分附入邻都，其及五大保者，依法别置都保正一人，通于都内选差"。鉴于我们查找的资料有限只查找到这一例，所以对它最早是词组的猜想还有待进一步证明。但"全都"在明清时期使用的频率很高，按词汇化的频率原则我们将其视为一个词语。它最晚在明清时期就已经产生，且一直沿用至今（在北大语料库现代汉语部分我们查找到6215例）。如：

（1）明日拿妖，全都在老孙身上，只是要你三桩儿造化低哩。（明 《西游记》第三十七回）

（2）不多时，天险的旅顺都攻破了，威海崴也占领了，刘公岛一役索性把中国的海军全都毁灭了。（清 《孽海花》第二十八回）

（3）蜗牛是一种软体动物，属腹足纲，肺螺亚纲。它的内脏器官全都埋藏在螺壳内，行动时，则从壳口伸出扁平而柔软的块状足匍匐前进。（《中国儿童百科全书》）

3. 满处

第二章中已经论述了"满处"的语义与"到处""处处"一样，但使用中还是有细微的差别。现代汉语中"处处""到处"使用没有地域的限制南北方都用，"满处"多用于北方口语以及用北方口语写成的文学作品中。"满处"的来源我们暂时未能考证，但表总括的"满处"是到了明清时期才开始出现的，到现在一直保留在北方口语和以它为基础写成的文学作品中存在。如：

（1）时天下满处尽是水圳与渗池沛深，燧人氏见那水里，尽足鱼鳖鼋鼍等物，识得都是甘美的物，教民百般设法，将那鱼鳖等时常捉来烹煮而吃。民吃得日爽，便常常去渔猎。（明 《盘古至唐虞传》）

（2）姚猛说："龙大兄弟，这里好一个地势，咱又没有盘费，何不在此想几个钱，也省得满处商借，岂不省事？"（清 《续小

五义》第十二回）

　　我把你这个满处钻的小白鸽，偷看我的日记本，好哇……
（曲波《林海雪原》）

第五节　范围副词语义对立现象探究

　　人类在千差万别的事物中看到相似性，并据此把看似不同的
事物处理为相同的，将其抽象化和概念化为若干的范畴。本书提
到的范畴不是经典范畴观中的绝对、离散的范畴，而是建立在维
特根斯坦（Wittgenstein，1953）的"家族相似性"（family resem-
blance）理论和原型范畴化理论基础上的范畴。在同一个范畴中
的成员并不是平等的，有典型和非典型的区别。非典型的成员不
仅有部分典型成员的属性，还会与相邻范畴共有一些属性，以一
种不稳定的中间状态存在的。随着语言的不断发展，非典型成员
易于非范畴化，即丧失原有范畴的一些典型的特点，同时获得新
范畴的一些特点。

　　非范畴化最早是由霍珀（Hopper）和汤普森（Thompson，
1984）提出，用来解释词的范畴属性的动态性。刘正光、刘润清
（2005）在研究汉语的基础上提出非范畴化的两层含义：一方面
涉及语言变化，另一方面涉及认识方法。在语言层面，我们将非
范畴化定义为在一定条件下范畴成员逐渐失去范畴的特点的过
程。在认识方法层面，非范畴化是一种思维的创新。[①]

　　据此，我们可将语言发展描述为：

----

　　① 参见刘正光、刘润清《语言非范畴化理论的意义》，《外语教学与研究》2005 年第 1
期。

范畴化
———————————————————————
无序的组合 → 原始范畴………→新的范畴→
（非范畴化）

图3　词语范畴示意图

在虚线所示非范畴化中非典型范畴成员因为其本身的原因更容易表现为新旧范畴的共同体。这新旧的范畴可以是相邻的，也可是相反的，本书要讨论的是后者。这种正反同体的现象很早就引起了人们的注意，最早在郭璞注《尔雅》的时候提出"训诂义有反覆旁通，美恶不嫌同名"。清代段玉裁、王念孙都提到过这一现象，俞樾在他的《古书疑义举例》中也指出汉字中存在"两义传疑而并存"的现象。到现在蒋绍愚先生（1985）的《从"反训"看古汉语词汇研究》中对汉语的这一现象有进一步的论述。但他们所举的例子多为实词，作为由实词语法化而来的虚词是否也有这种现象，这就是本节接下来要讨论的问题。

汉语范围副词可分为：表总括、表限定、表类同三个次类。这三个次类是按语义、语法和语用相结合的原则划分是分属不同的范畴，理论上来说是应不存在交叉的，但纵观汉语范围副词的发展，我们发现：有一部分范围副词，在某一特定的历史时期既可以表限定又可以表总括，更有甚者一直将这一种矛盾的组合体延续到了现代汉语。结合前人对各种传世文献、佛经和现当代文学的研究，我们找出下列副词存在上述现象：不仅、大半、大都、单、顶多、纯、多、才、各、净、偏、适、索、亦、适、犹、专等。但有一些词语法学界已经有人［沈家煊（1999）、杨伯峻、何乐士（2001）等］论述了；另由于本人掌握的材料有限，汉译佛经材料其本身又存在有外国人对汉语词汇的误用，翻译时个人色彩浓厚等问题，加上本人对佛经材料又不甚了解，本节只选取了"净""但""专"三个词进行论述，通过论述以期对汉语副词的非范畴化现象有一个较为深入的认识。

"净""但""专"在某些特殊时期可同属于表总括和表限定两个范畴，依据其产生原因和结局的不同可以分为两种情况：一种是本身意义引申带来的对立。这又可分两种情况，有的是只在某一特定的历史时期出现而在后来的文献中不出现，或只在引用文献中出现，如"但"，有的是从产生对立起一直沿用至今，如"净"。另一种是假借带来的语义对立，如"专"。

一　语义引申对立

语义引申对立，这类词是实词的语义沿着不同的演变轨迹，虚化为两个语义对立的范围副词。

（一）但

"但"，《说文·人部》解释为"褐也。从人旦声"。可见其本义为袒露。在《墨子·耕注》中有"今有一人于此，羊牛物豢，维人但割而和之，食之不可胜食也"。对这句当中的"但"，孙诒让闲诂"毕云：'《说文》云，但，褐也'"。

而"但"的副词义，《说文通训定声》中有"但，又发声之词。《说文》错本：'一曰徒。'《声类》：'但，徒也。'《汉书·高帝纪》注：'但，空也。'《陈胜传》注：'但者，急言之则音如弟矣。'按与用徒、弟、特等字皆同。"朱骏声认为"但"的虚词义与本义无关是假借义。香坂顺一（1987）也持同样的观点，他认为"'但'表'只'意，不是本义而来，而是由假借而来，可以认为与'弟''徒'相同"。我们不赞成这一观点"但"本义"袒露"就是指物体上面没有任何的覆盖物，只剩物体本身。由此引申为"仅""只"，又因为常常修饰动词，逐渐语法化为表限定范围副词。它的这一用法在先秦就已经出现，以后的各个时期皆有用例，到现代多出现在书面语中。如：

（1）倍，二尺与尺，但去一。（《墨子·经说上》）

（2）天子所以贵者，但以闻声，群臣莫得见其面，故号曰"朕"。（西汉　《史记·李斯列传》）

（3）寂寞天宝后，园庐但蒿藜。（唐　杜甫《无家别》）

（4）死去元知万事空，但悲不见九州同。（宋　陆游《示儿》）

（5）明哲保身，但求无过。（毛泽东《反对自由主义》）

"但"，本义为袒露。没有覆盖物，只剩物体。从物体本身出发就是全部都是物体没有其他的东西。由此就引申出"凡""全"义，这一语义在中古时期就已经出现，且在这个时期"但"的这一语义常是出现在修饰动词的位置，为它进一步虚化为表总括的副词提供了语法环境。这种用法从产生一直沿用到清代。如：

（1）有薄饼缘诸面饼，但是烧博者，皆得投之。（北魏　《齐民要术·作酢法》）

（2）但是诗人多薄命，就中沦落不过君。（唐　白居易《李白墓》）

（3）须臾，邻家飘风骤起，一宅俱黑色，但是符箓禁法之物，一时如扫，复失妇人。（宋　《太平广记》卷三百五十二）

（4）但遇饥荒，百姓艰窘，即便赈贷。（明　《典故纪闻》卷十一）

（5）且只向幽燕一路，但有名山胜景的所在，任意行游。真个逢州支钞，过县给钱，触景题诗，随地饮酒，好不适意。（清　《隋唐演义》第八十三回）

"但"这两个对立语义都是由本义引申出来的是不同的演变轨迹造成的，而且他们最终的结局也不一样，在《现代汉语词典》中已只剩下"但"表限定范围副词这一种用法了。

（二）净

"净",《说文解字》（以下简称为《说文》）解释为"鲁北城门池也"。段玉裁注:"净者,北城门之池。其门曰'争门,则其池曰'净'。……今俗用为字,释为无垢……今字非古字也"。从段玉裁注我们可知现在通常说的"净"在古代应写为"瀞"。副词"净"也是从"瀞"表无垢义发展而来的。"净"表"无垢",如:

（1）若苟贫,是粢盛酒醴不净洁也;若苟寡,是事上帝鬼神者寡也。（《墨子·节葬下》）

这个例子"净"表述的意思可以分析为［＋具体的实物＋无垢］,到后来"净"前一个义项脱落只保留后一个中心义项［＋无垢］,词义泛化为可以用来形容一切事物的包括具体实物和抽象事物,如:

（2）时陈郡殷冲亦好净,小史非净浴新衣,不得近左右。（南朝　梁沈约《宋书》）

以上例子不管修饰的是具体实物还是抽象事物,"净"对所修饰的成分都带有范围限定意味,要求范围内的所有事物都具有某一特点。强调全部,由此虚化为表总括的范围副词。至东汉时期出现后各个时期都有用例。如:

（3）善解分别具净除。（东汉　安世高译《普法义经》）

（4）六尘爱染,永灭不起;十恶重障,净尽无余。业累既除,表里俱净。（南朝　齐萧子良《净住子净行法门·开物归信门》）

（5）即如河南捻匪结党成群,甚至扰及邻省,横行劫掠,自应合力捕治,净绝根株。（赵尔巽等《清史稿》）

（6）我们队里净是女将,又是鸡手鸭脚,不大懂插秧的。怎

么办？（陈残云《香飘四季》）

（7）别打了，净是自己人。（杨朔《百花山》）

"净"作表总括范围副词时口语性强，在正式场合鲜有用例，在《现代汉语词典》中没有"净"作副词表总括的义项。但《汉语方言大词典》中指出在中原官话山西襄汾地区还有这种用法，例如：

（8）他净胡说。（中原官话山西襄汾）

"净"表示"无垢"，没有杂质那么其中的事物的性质相对单一，具有强烈的排他性。由性质单一的意义进一步虚化为表限定的范围副词，也因此具有了一个相反的语义对立。这种最晚到清代就已经出现的。例如：

（9）展爷是一语不发，净听着徐三爷这一个人，你瞧这个骂。（清 石玉昆《小五义》第一百二十回）

（10）咱们就该着净找乐儿了！怎么倒添了想不开了呢？（清 《儿女英雄传》第十九回）

这种用法在现代很多经典作品中都有用例：

（11）可是，净咱一个人儿对得起政府不行啊，这得大家伙齐心哪。（老舍《龙须沟》）

在沈家煊的《不对称与标记论》中提到现代汉语"净"等存在既可以表极小量又可以表极大量的现象，他将出现这种现象的原因归结为"实际上语言中的极小量词语和极大量词语不是绝对的、固定不变的，随着人们期待方向的变化，极小量和极大量往往会互相转化"。上面的论述证明除了人们认识的角度和期待方向，"净"本身在实词单位时就存在矛盾的两个语义，也促使虚化后作副词的"净"既表总括又表限定的。因此，范围副词"净"多出现在口语或者口语性质比较浓的文学作品中，不会出现在法律文件、政府公文等正式文体中。

二 假借语义对立

假借语义对立，一个字假借为另一个字后新产生的意义与原义之间是对立的，由此产生了一个字具有两个对立语义。这类现象多产生于汉字数量相对较少的上古时期。这一时期汉字数量相对少，而语言中又已经有了表达新意义的词，这时人们往往采用原文字系统中的同音字加以记录。

早在150年前的清代，著名语言学家朱骏声就提出多义词的义项是由"本义""引申义"和"假借义"构成。这一说法至今仍受到很多人的拥护，因为这一说法能对大部分多义词不同义位的来源及多种意义间相互关系进行合理的解释。本书认为既然文字可以假借为另一字，表示文字之间有着千丝万缕的联系，应该将其视为文字的用法之一。因此，我们提出假借语义对立并对其加以讨论研究。

（一）专

"专"，《说文》解释为"六寸簿也，从寸叀声。一曰专，纺专"，女部中有"嫥，壹也"。《广韵》中将两字读音都拟为"职缘切"，前人对他们古音拟音为"章元切"，两个字声韵是完全一致的，"专""嫥"之间具有假借所需的语音基础。《说文解字段注》中有"壹下云：嫥也。与此为转注。凡嫥壹古如此作，今则专行而嫥废矣"。在《说文通训定声》中也有相同的论述"专，假借为嫥"嫥，壹也。经传皆以专为之。可知"专"表示"专一，专门"，不是来源于它的本义，而是被"嫥"假借后形成的意义。如：

（1）其静也专，其动也直。（《易经·系辞上》）

（2）奉上之节未立，向公之心不一者，委任之责不专，而俗多忌讳故也。（西晋　陈寿《三国志·魏志·杜畿传》）

因为"专一,专门"暗含数量少的意思,数量少也意味着其所占空间相对小。而占空间就有一定的范围限制,相对小说明范围小,随着语言的发展便泛化为表"只、光"的意义的限定范围副词。这在上古的文献中就有例证:

(3)尔尚明保予,罔俾阿衡,专美有商。(《尚书·说命下》)

(4)与其专罪,六人同之,不犹愈乎?(《左传·宣公十二年》)

这种表限定的范围副词的用法在中古、近古都有且一直延续到现在:

(5)楚庄王杀陈夏征舒,《春秋》贬其文,不予专讨也。(西汉 董仲舒《春秋繁露》卷一)

(6)体道不专在于我,亦有系于世矣。(西汉 刘安《淮南子·俶真》)

(7)和氏之璧,焉地独曜于郢握?夜光之珠,何得专玩于隋掌。(晋 刘琨《答卢谌诗》)

(8)且余亦不专以《说文》为是也。(南北朝 颜之推《颜氏家训·书证》)

(9)宝玉因笑道:"你该早来,我得了一件好东西,专等你呢。"(清 曹雪芹《红楼梦》第三十一回)

(10)我忙,没工夫专伺候你!(老舍《茶馆》)

这些例证中的"专"不管是后面接形容词像例(3),还是接动词或动词词组像例(5)、例(7)、例(9)和例(10),还是接介宾词组像例(6)和例(8)都表示"只,光"义,保留了做实词时的"投入全部的精力只做一件事"的意义。换个角度看这一实词意义,也就是说在这件事情上无论是关注度还是其后的行动若以百分制来算都应该是100%的,是全身心的投入,这就有了"专"的另外一个实词义"满"，有例为证：

（11）吴伐越，堕会稽，获骨焉，节专车。（《国语·鲁语下》）

（12）卿文学高一时，名誉专四海。（北宋　司马光《王安石乞退不允批答》）

关于例（11），韦昭注"骨一节，其长专车。专，擅也"。吴曾棋的《国语韦解补证》"专车，满一车"。"专"修饰名词"车"，表示的是"车"满的状态。例（12）中"专"也是修饰其后的"四海"，表示的是"四海"皆知的状态。随着词义的泛化，"专"不仅表"满"的意思还表示为对事物范围或动作的总括，其语法功能也随之发生变化可以用来修饰动词或形容词，这种用法在先秦就已经存在，一直沿用到现在，如：

（13）专听其大臣者，危主也。（《管子·任法》）

（14）一洲之上，专是林木，故一名表丘。（西汉　东方朔《十洲记·长洲》）

（15）其言专商鞅、韩非子之语也。（东汉　班固《汉书·东方朔传》）

（16）山木悲鸣水怒流，百虫专夜思高秋。（宋　王安石《寄育王大觉禅师》）

（17）班固于周霸三人省去孔安国，专归古文，则安国非伏生一派，而史及之为赘，甚失却迁之意。（清　阎若璩《尚书古文疏证》卷二）

从上面的论述可以看出"专"表限定和表总括两个范畴的语法环境是不一样的。"专"表限定既可以接介词结构，可接动词（单音节和双音节都可以），且可以出现在否定语境中。表总括的用法要简单得多，一般接动词和名词。

"专"表总括的范围副词使用频率低，就其本身意义是人们不同视角得出的不同结论，不符合人们语言交流要求精确无歧义的目的，在现代汉语中已经逐渐舍弃了这一意义。《现代汉语词典》对"专"作副词解释为"光；只；专门"。举例为"他专爱挑别人的毛病"，可见在现代汉语中作副词的"专"只剩下表限定这一种用法。

以上的论述可推测"专"既可表示总括又可表限定，不仅仅是如杨伯峻、何乐士（2001）所述"就某一种单独情况说是专一的，也就是全也、皆也。而就全局来看，就说'只是一种情况'"，其实词义最早是由于假借义而来，再分别由假借义引申出不同的对立语义也是其中的重要原因。

非范畴化是语言文字发展的一个阶段，范围副词中不同次类存在交叉的非范畴化现象究其根本原因是语言符号的任意性。语言符号确立之初是任意的，只是在进入人们的交流领域以后才对词有了范畴的划分，而范畴也不是一成不变的，是不断变化发展的。在新旧范畴交替之间容易产生一些中间状态，这就是非范畴化。词的词义引申的角度不一样，词本身有两种反向的意义，不同语境的衬托等，这些都是造成非范畴化的多样性。

语义引申对立是实词义沿不同的轨迹演变而带来的语义对立，其本身在为实词时就已经是一个矛盾体，隶属于不同的范畴。语义虚化和语义泛化后的虚词必然也保留了实词的某些特点出现范畴游离而形成矛盾体。这一类最终是否会继续存在很大程度取决于人们认同度的高低。如果认同度高就会继续存在，交流的双方可依据语境理解其意义；如果认同度低，这类矛盾体就失去了其存在的依据而逐渐地消亡。

假借语义对立，其本身是在文字产生初期，汉字数量少，不能满足交流的需要，为了适应交际的需求假借为某一词后才出现的矛盾体。但整个文字的发展是一个不断范畴化的过程，这种非范畴化矛盾现象将随着语言文字的不断发展而逐渐地消失。

另外，出现这一看似矛盾的现象与汉民族的经验相关。这些词出现既可表总括又可表限定与我们整个民族的生活、心理和文化历史分不开。

语言的发展是不断地范畴化的过程，其间非范畴化的过程千差万别。范围副词的非范畴化现象要求我们在处理众多语言发展过程的问题既要预见其必将进入新范畴的最终结局，又不能采用"一刀切"的方式简单处理，而应分清不同类型区别以对。

第六节　小结

近几十年来，越来越多的学者开始重视汉语自身的特点，从汉语本身出发探求属于汉语特有的规律。在研究汉语实词虚化时注重研究虚化的诱因和机制，力求发现普遍适用的一般性规律和某些特殊仅属于汉语的规律。提到副词的来源人们首先想到的就是由实词虚化而来，本书上面对范围副词来源的探讨也基本印证了这一推断。但是类似附加式范围副词和合成式范围副词"不过"等来源，仅仅用虚化理论又仿佛无法解释。本书将结合前面的论述对范围副词形成原因进行探求。

一　语言内部因素

唯物辩证法中有"内因是决定事物发展的关键"，这就要求我们在寻求汉语实词虚化原因时首先要考虑的就是语言内部因素。语言内部因素既包括词语自身的语义和句中位置，还包括词语和词语之间的联系。

范围副词成员中大部分是由实词虚化而来，而能够虚化的词语必须具备以下几点：

1. 实词语义本身或多或少具有范围的概念。如果实词根本有范围的概念，它演变为范围副词则无从谈起，这可说是实词虚化为范围副词的必要条件。我们上面所论述的直接由实词演变为范围副词的"博、就"等都是属于这一情况。

2. 实词在句中出现位置直接决定了其演变为范围副词可能性高低。实词具有范围的概念还只是说它具备了演变为范围副词的条件，而最终能否顺利实现演变关键还是看它的句中的位置，如果常常位于谓语成分之前起限定作用，则进一步虚化为范围副词的可能性越高，反之则越低。

3. 实词在虚化的过程中还常常会受到相似词语的影响。像我们前面列举的"不止""不光"不仅就是属于相似词语类推。

4. 句子内部词语之间的修饰关系发生变化也会影响范围副词的形成。像前面列举的"不过"由最初的不在同一层面的词组逐渐演变为范围副词，它作词组时是"不" + "过 X"，而作范围副词是"不过" + "X"。

二　语言外部因素

外因是事物发展的重要条件。基于此语言的外部因素也是本书在考虑实词演变为范围副词时不能忽视的诱因。语言的外部因素包括交流的需要、人们的认知、文化背景等。本书将实词演变为范围副词的外部因素总结如下：

1. 为了适应人们交流的需要，实词假借为其他的词再演变为范围副词。这一类范围副词多是在上古时期形成的，究其原因应是上古时期汉字数量少，很多的字都是身兼多义，选择一些义项少的字作假借字承担被假借字的部分语义，更有利于交流的顺利进行。

2. 人们认同度的高低影响了范围副词的形成。具备了上面说的语言内部因素，有的词最终还是没有演变为范围副词或者只存在与某些特定时期不能沿用至今，除了由词语内部的竞争决定还有就一个重要因素就是人们的认同度。一个范围副词进入交际人们的认同度越高，它存在的可能性就越大，反之则有可能走向衰亡。

3. 文化背景的影响。在明清白话小说的范围副词中存在既可以表总括又可以表限定，这两种对立并不是逻辑上的绝对对立，而是一种相对对立。他们存在与汉民族认识视角、心理预期和文化底蕴都密不可分。

第四章

范围副词内部与其他类副词的共现

  考察明清白话小说中范围副词使用情况时，我们发现部分句子中会出现包括范围副词在内的多个副词一起修饰限定同一谓词成分的现象，且同时出现的多个副词会依据其所属类别的不同依次排列，我们将这种现象统称为"副词的共现"。本章要讨论的是副词连续出现的情况，不连续出现的情况这里不加讨论。

  副词共现可以分两种情况：一种是副词的并用。这种共现是同一类副词中语义、语法和语用特点相同或相近的两个或两个以上词语同时修饰限定同一谓语。另一种是副词的连用。这种共现是两个或两个以上同类副词不同次类词语和不同类副词词语连续出现修饰限定同一谓语。

第一节 范围副词内部不同次类的共现

一 同次类范围副词的并用

（一）表总括范围副词的并用

1. 备悉

  "备悉"在我们查阅的明清白话小说中出现了 13 例，其中 12 例"备悉"是作为一个词，释为"详尽，完全知悉，详细指导"，只有《豆棚闲话》的 1 例是由"备"和"悉"两个表总括范围副词共现。如：

曾有一个好事的人，把古来的妒妇心肠并近日间见的妒妇实迹备悉纂成一册《妒鉴》，刻了书本，四处流传。

2. 比比皆、比比都

"比比皆""比比都"是表总括的范围副词"比比"和"皆""都"的并用，我们一共查到"比比皆"19 例"比比都"1 例，其中"比比皆"＋"是"9 例，"比比皆"＋"然"10 例，"比比都"＋"是"1 例。如：

（1）又或变男子而奸宿人家之女子，或变女子而迷惑往来之男人，或朝出而吸六畜，或暮出而残田禾。男女受其害者，不计其数；田土荒芜者，比比皆然。（明 《唐钟馗全传》卷二）

（2）但这样惧内的相公也比比皆是，不止高相公一人。（清 《醒世姻缘传》第六十二回）

（3）再如山西，象这样没水的去处比比都是。（清 《醒世姻缘传》第二十八回）

3. 遍地皆、遍地都、遍地俱

"遍地皆""遍地都""遍地俱"由表总括的范围副词"遍地"再加上同一类型的"皆""都""俱"组合而成。"遍地皆"最晚到唐代就已经出现了，大部分都是用于佛经，在非佛经文献中用例甚少我们只在宋代的《太平广记》和《大宋宣和遗事》中各找到 1 例，明清白话小说中我们找到 21 例。"遍地都""遍地俱"在明代都已经出现，前者在明清小说中出现了 14 例，后者 4 例。如：

（1）虽然今日哄人的遍地皆是，骂人者绝少矣。（明 《续西游记》第九十回）

（2）二役不服，出舍望之，遍地皆芦花白如雪。（清 《绣云

阁》第十四回）

（3）翠盖口吐烈焰，照如白昼，翠华口吐赤火，遍地皆红。（清　《绣云阁》第四十回）

（4）翠羽斑毛，盈眸多珍禽异兽；娇红稚绿，遍地皆瑞草瑶葩。（清　《绿野仙踪》第六回）

（5）韦拥护曹操，杀条血路，到城门边，火焰甚盛，城上推下柴草，遍地都是火，韦用戟拨开，飞马冒烟突火先出。（明　《三国演义》第十二回）

（6）上帝深宫闭九阍，晚虹斜日塞天昏。英才尽作龙蛇蛰，遍地都成虎豹村。（清　《新世鸿勋》第十二回）

（7）从此晋国大旱了三年，遍地俱赤，不生一草一木。（明　《七十二朝人物演义》第二十五卷）

（8）西方教主也不动手，只见泥丸宫舍利子升起三颗，或上或下，反复翻腾，遍地俱是金光。通天教主宝剑架隔，不能近身。（明　《封神演义》第五十一回）

（9）不道来迟了一日，遍地俱是番营阻住路头。（清　《说岳全传》第三十四回）

三个词组都可以修饰动词如例（1）、（5）、（6）、（8），"遍地皆""遍地俱"可以修饰是主谓短语如例（2）和例（9），"遍地皆"还可以是名词如例（3），还可是形容词如例（4）。

到现代汉语，"遍地都""遍地皆"还有用例，而"遍地俱"我们没有查找到例证。如：

（10）不错，就算是遍地都是金钱，飞少爷也不会妄取一文。（《小李飞刀》）

（11）在香港遍地皆有快餐。一个蓝领，一个月有 1 万多元收入，倘一天吃三顿快餐，开销不超过 100 元。（《人民日报》1996 年 5 月）

4. 并共、并皆、并悉

这三个词组是由"并"和"共""皆""悉"并用而成，成分都是两个表总括的同义范围副词。我们总结他们的使用情况如下表：

表1   "并共""并皆""并悉"使用情况

	明清以前文献	明清白话小说
并共	40	1
并皆	248	63
并悉	28	2

"并共"在东汉时期就已经有了表总括范围副词的用法，"并悉"则是在南朝时期就已经出现，但这两个词组从产生起以后各个时期使用的频率都不高。"并皆"西汉时期就已经产生，相比另外的两个词组使用频率要高很多，其后所接的成分也更为复杂。如：

（1）住语天子心烦，再说双龙山，自得范太尉投助，得兵三万，并共民兵三万余，寨兵合共有七万之众。（清 《后宋慈云走国全传》第十九回）

（2）朕将亲临平江，卿并悉知之。故敕。（明 《大宋中兴通俗演义》第四十四回）

（3）身素守分，毫不非为，祸因昨夜盗入胜室，止挑去饶儒布五担，美胜并悉无知。岂儒坐身串同，逼勒赔偿，情实可矜。（明 《海刚峯先生居官公案》第四十七回）

（4）王衍之徒声誉太盛，不以实学相尚，并皆仿效，风教陵替。（明 《东西晋演义》第三十一回）

（5）诸侯并皆不语。绍举目遍视，见公孙瓒背后立着三人，

容貌异常，都在那里冷笑。（明　《三国演义》第十五回）

（6）小童儿连说道："永绥邵，俗释纷，并皆佳，稽琴阮。"（明　《三宝太监西洋记通俗演义》第七十八回）

（7）斯时吟梅、小兰并皆乖巧非凡，挹香每逢愁闷时，看见了顿生欢乐。（清　《青楼梦》第五十回）

有以上的例子我们可知"并共"修饰的成分最有限，找到的只有一例修饰的是名词。"并悉"可修饰是动词如例（2），还可与否定副词连用再修饰动词如例（3）。前面列举的这两个词组其后所接都是双音节词。"并皆"可修饰动词或动词词组如例（4），可修饰形容词或形容词词组例（6）和例（7），还可与否定副词连用再修饰动词如例（5），且它所接的词也不受音节的制约可是单音词亦可是多音节词。

5. 处处皆、处处都、处处俱/俱处处

这一组词组都是总括范围副词"处处"与另一表总括范围副词的并用。我们总结他们的使用情况如下：

表2　　　"处处皆""处处都""处处俱""俱处处"使用情况

	明清以前的文献	明清白话小说
处处皆	13	38
处处都	0	33
处处俱	0	4
俱处处	0	1

"处处皆"在晋代的《佛国记》中已经出现"众僧住止房舍、床褥、饮食、衣服都无缺乏处处皆尔"，且明清前这一词组也主要是出现在佛经或与之相关的文献中。另外的三个词组我们只在

明清时期才查找到用例的，他们之间的使用频率也不一样，"处处皆""处处都"的使用频率高于另外的两个。如：

（1）乃向老和尚问道："老师父，你这殿堂怎么处处皆空，不塑位圣像？"（明 《续西游记》第九十九回）

（2）但拔陵人马处处皆有，路上恐防有失。（清 《北史演义》第八卷）

（3）只见贝阙琼宫，参差错落，处处皆雕楹绣户，玉砌金装，里面层层叠叠，也不知有多少门户。（清 《绿野仙踪》第九十四回）

（4）把这些岛处处都弄得岩险可守，这些岛中兵士，个个都教得精勇可战，居中驭外，璧合珠联，真已成一个雄镇了。（明 《辽海丹忠录》第十四回）

（5）珩坚执着兰生的手，笑道："你处处都好，只这呆气，我总不喜欢。"（清 《海上尘天影》第五回）

（6）招称妖党甚众，山陕畿南处处俱有，一向分头缉捕。（明 《喻世明言》第四十卷）

（7）那苏州自从日本通商以来，在盘门城外开了几条马路，设了两家纱厂，那城内仓桥滨的书寓，统通搬到城外来，大菜馆、戏馆、书场，处处俱有，一样的车水马龙，十分热闹。（清 《九尾龟》第一回）

（8）于是信步闲行，两廊下虽有几重门户，俱处处封锁。（明 《梼杌闲评》第四十六回）

这三组词组（"处处俱"和"俱处处"为同素异序看作一个词组）其后所接成分复杂程度不同。"处处皆"后所接的可以是形容词像例（1），可以是动词像例（2），还可以是名词像例（3）；"处处都"后可接动词像例（4），还可以接形容词像例（5）；而"处处俱/俱处处"后只能接动词。而这也直接造成了他们使用频率的差别，也影响了他们的在现代汉语中的使用情况。我们在北京大学语料库的现代汉语部分中，只找到 1 例"处处俱"的用例，另外的"处处都"和"处处皆"都有大量的用例。如：

（9）仪仗队代表军队形象和国家的尊严，因此举手投足处处都要体现出军人朝气蓬勃的风貌，训练必须下苦功。（新华社 2004 年新闻稿）

（10）就在华夏大地处处皆闻"豪华消费"之际，仍有许多不和谐的震荡音符渐次传来。（《1994 年报刊精选》）

（11）我把你发明的原则，去读《资治通鉴》，读了几本，觉得处处俱合。（李宗吾《厚黑学》）

6. 悉都 都皆/皆都 都全 都尽 都尽数

这一组词组都是有表总括范围副词"都"与同次类的副词的组合。悉都（2 例），都皆（30 例），皆都（18 例），都全（8 例），都尽（14 例）。如：

（1）贤弟今日醉言，恐明朝酒醒，悉都忘却，岂不误事？（清 《台湾外记》卷一）

（2）心里原在害怕，所幸案内无名。及探听问那夫妻两人，家常纤悉都到，便愁有翻案之局。再探到审问哑子，先怒后笑。（清 《野叟曝言》第一百二十七回）

（3）不一时班至，望灵柩拜哭在地，被李越一刀砍在地下，左右欲持兵器向前，被李期大喝曰："不得无礼！李班谋杀君父，吾故杀之，吾等受太后诏，故杀之，其余人等，都皆赦免!"（明 《东西晋演义》第一百七十八回）

（4）裕以身先拍马追斩甫之，麾令三军并进，将士无不苦战，都皆以一当百，斩首数百级。追至罗落桥，方自鸣金收军，屯于桥下。（明 《东西晋演义》第三百零九回）

（5）江明等领诺而去，即到各铺将诸色缎疋，各选一疋，并自家本店行客亦选数疋送人，交与代巡。代巡逐一开过，都皆印号不同。及后看到一疋，与其印字皆合。（明 《鼎镌国朝名公神断详刑公案》卷六）

（6）崔乾情所率不过万人，部伍不整，官军望见，都皆笑之。谁知他已先伏精兵于险要之处，未及交兵，佯为偃旗曳戈，好像要逃遁的一般。（清 《隋唐演义》第九十回）

（7）山显仁看了书帖，皆都是称赞张寅少年才美，门当户对，求亲之意。（清 《平山冷燕》第十七回）

（8）主仆两个各将靴袜拉去，除去头巾看衣服。一套是缎子氅裙，并大小衬袄；一套是绫绸氅裙，也有大小衬袄，是与欧阳氏穿的，件件皆都簇新。匣子内金珠首饰，各样全备。（清 《绿野仙踪》第二十五回）

（9）次日，贤臣把贺庆云、戚克新提到，当堂审了，一堂巧辩，当堂贤臣竟都全信，反将贺庆云、徐咸宁处分一顿，说他要告师尊，本当重处，姑念年幼无知，实因方家报迟，兼有嫌贫之论，免其重责，撵出衙门。贤臣判毕，退堂。（清 《于公案》第六十一回）

（10）何公子又生得眉目清秀，态度安详，虽是个少年孩子，却大有机械变诈，透达世故人情。只两三天，把一个金钟弄的随手而转，将爱如玉的一片诚心，都全归在他一人身上。（清 《绿野仙踪》第四十七回）

（11）一县乡绅都尽惊骇，道是神钻的，若是这样官荐，那一个不该荐？（明 《型世言》第三十回）

（12）白洋道："云卿家里的事，我都尽知，他并没有侄子，此中有些蹊跷。"（明 《梼杌闲评》第九回）

（13）原来希真早有细作在景阳镇，买通魏虎臣的近身人，凡永清营里的虚实，都尽知道；又布散谣言年完成由唯心主义向唯物主义、由革命民主主义向共产主义，说他受贿，离间得他上下不和，然后收了他。（清　《荡寇志》第八十七回）

"都皆""皆都"是同素异序，但在我们查找的明清白话小说中除了《小五义》两者同时出现其他文献资料都只出现其中的一种，且"皆都"只出现在清代白话小说中。"都皆"后接动词（双音节）、形容词（双音节）、介词、名词词组和主谓结构，"皆都"多接动词或动词词组，只有例（8）是接的形容词。"都全"只在清代有用例后接动词（限双音节）或动词词组和形容词（单双音节不限）或形容词词组。"都尽"后可接动词（单双音节不限）或动词词组和形容词。

7. 共皆

"共皆"表总括是由表总括的"共"和表总括的"皆"组合成的词组。我们共找到 2 例。如：

（1）（曹操）歌罢，众和之，共皆欢笑。（明　《三国演义》第四十八回）

（2）且令郎英年逸隽，海内人才，共皆钦仰，正是德门世庆。（清　《品花宝鉴》第五十九回）

8. 尽俱

"尽俱"表总括，由表总括的"尽""俱"并用而成。我们找到 2 例，如：

（1）通事舍人遂将各国各王，一一报将上来。双星见一个，封一个，不一时，百余国尽俱封完。（清　《定情人》第十三回）

（2）楚中小蹶，不足为意，应中流之险也。此外尽俱顺境，直登八座。（清　《醒世姻缘传》第十六回）

9. 都尽行、都尽数

"都尽行""都尽数"都是表总括，是由表总括范围副词

"都"和"尽行""尽数"并用而成。我们共找到"都尽行"5
例"都尽数"7例，后面都是接的动词或动词词组。如：

（1）宫人回奏道："侯夫人做诗极多，临死这一日，哭了一
场，都尽行烧毁，并无所遗。"炀帝痛惜不已。（明 《隋炀帝艳
史》第十五回）

（2）同事的吴九瞎、胡邦彦，在州府各挨了三四夹棍，并无
攀拉一人。惟有他两个是一对软货，只一夹棍，将历来同事诸人
都尽行说出，且说令兄是窝主，为群盗首领。（清 《绿野仙踪》
第十三回）

（3）我镇江有三千军马，哥哥这里楚州军马，尽点起来，并
这百姓，都尽数起去，并气力招军买马，杀将去。（明 《水浒
传》第一百二十回）

（4）嚷得那别的学生都赶了进去。那人搜了一搜，他的儿子
的衣裳鞋袜，并前向不见的那三四个的衣裳，都尽数搜出。叫了
地方拴了这两个雌雄妖怪，拿了那颗煮热的人头，同到县里审
问。（明 《醒世姻缘传》第三十一回）

10. 一概都

"一概都"表总括，由表总括范围副词"一概"和"都"并
用而成。我们共找到37例，后面接动词（单双音节均可）或动
词词组。如：

（1）三藏道："徒弟不消争讲，我看那士人的主意：连禅杖
机心一概都丢了不用。"（明 《续西游记》第九十七回）

（2）管账的答应出去，复叫玉梅取了两小封银子，提了一麻
袋钱，交给大姨、三姨道："我是只好照管老爷了，你两人替我
去分豁罢。外面居邻一概都回，墙门内住房邻舍若必要进来都给
他一顿酒饭，那钱二嫂的要丰盛些，另外叫他在死的房里坐罢。
镇宅的福物要加意些，吩咐多请几个道士，这不比春红，是个横

死的，防他作怪哩！"（清 《野叟曝言》第三十回）

11. 一概全都

"一概全都"是"一概"和"全都"两个总括范围副词并用，在我们查找的文献中只出现了1次。如：

众道听了也甚欢喜，以为这好酒席一定吃到嘴里咧。于是，忙差了四个伙工道士，挑着神像、疏表、香烛、供器、法衣、乐器等物，凡应用的，一概全都先送至周宅。随后，王老道领着那十二个道士，拿着踏罡步斗的宝剑一齐来到。（《狐狸缘全传》）

12. 各都、皆各/各皆

"各都"与下面的"都各"相比看似是组成词组的两个词的不同排序造成的不同的词组。实际上他们的组成成分是不同的，这里的"各"是表总括的范围副词。"各"表总括在上古时期就已经存在相当于"皆"，一直到中古时期这一用法都还存在（究其原因，董志翘、蔡镜浩《中古虚词语法例释》中认为"各"表总括是因为与"皆""俱"等变文互用而产生）。"各都"我们只找到2例。"皆各""各皆"都是表总括的"皆""各"并用，意义与"都""皆"同。查找所掌握明清白话小说，我们发现"皆各"出现24例"各皆"出现78例，且只有《东西晋演义》《说唐演义全传》《草木春秋传》《绣云阁》《新世鸿勋》《续济公传》《梼杌闲评》这几本书中两者都有出现，其他的文献在出现两词的并用是都是选取其中的一种形式。如：

（1）假的亦发作起木，着公吏捉下真的。霎时间乱作一堂，公人辨不得真假，哪里敢动手？当下两个王丞相争辩于堂上，看者各都痴呆了。（明 《包公案之百家公案》第八十五回）

（2）今差官赍书来说，可将高丽一百七十六城让与俺国，俺有好物相送。太白山之兔，湄泥河之鲫，扶余之鹿，郏颉之豕，率宾之马，沃川之绵，九都之李，乐游之梨，你官家各都有分。

一年一进贡。（清　《混唐后传》第十九回）

（3）天瑞拣个吉日，收拾行李，辞别兄嫂而行。弟兄两个，皆各流泪。惟有杨氏巴不得他三口出门，甚是得意。（明　《初刻拍案惊奇》卷三十三）

（4）天霸人众，彼此见说了原由，皆各欢喜无限。此时天已将明，大家又略坐片刻，已是大亮，于是大家将大寨内所有未经焚毁物件、银两财帛，逐一查明，聚在一处。（清　《施公案》第二百九十九回）

（5）遂亲口拜高德儒为朝散大夫，其余军士太监，各皆重赏。众全齐谢恩而出。（明　《隋炀帝艳史》第十三回）

（6）公主领旨，上了三层大殿，行了大礼，兄妹二人皆各垂泪。昭王开言道："不料老都尉与二位外甥，尽丧秦人之手，真是令人惨伤。"（《锋剑春秋》第四回）

这三个词组就我们查找到的资料明清时期只能出现在动词或动词词组和形容词或形容词词组之前，语义指向前面的主语。

13. 皆俱/俱皆

"皆俱""俱皆"都是表总括的"皆"和"俱"的并用。"皆俱"早在西晋白法祖所译的《佛般泥洹经》卷二中有"诸逝心理家，皆俱去"。"俱皆"在东晋的东晋瞿昙僧伽提婆译佛典《中阿含经》卷二十九中就有"施与得欢喜，二俱皆获利"已经出现。"皆俱"3例，其后可接动词和形容词或形容词词组。"皆俱"340例，后面接动词或动词词组，形容词或形容词词组和名词或名词词组，还可接主谓短语。如：

（1）那十条条律挂将出去，大小三军无不惊心，皆俱寂寂无声，不敢乱动。太师取令箭一枝。（清　《云钟雁三闹太平庄全传》第四十四回）

（2）日与督臣争执南风进剿；不惟三军皆悉其情，即通省士

庶，亦皆俱晓。且督臣日遣各总兵、海道，劝臣权依督臣之议。（清 《澎湖纪略》卷三十二）

（3）太子负痛逃入海中，余兵俱皆逃命。（明 《东游记》第四十九回）

（4）依我愚见，汝今八子俱皆英勇，二女又精韬略，况又有九环公主之才，如此威风，何战不克！（清 《反唐演义全传》第九十九回）

（5）现在考场之内，赶考的人俱皆在此，我若杀了南阳举子邓禹，天下人皆知我言而无信。（清 《东汉演义》）

（6）只见正中桌儿上对面坐着两个少年，衣冠齐楚；两旁分坐着三个妓女，俱皆衣裙华丽，香艳可观；东边的一个面貌有些相熟，一时也想不起是谁来。（清 《续红楼梦》第十三回）

14. 尽皆都

在我们查找的资料中只找到 1 例出现在元末明初的《水浒传》中，如：

滚滚走入水来，前船后船，尽皆都漏，看看沉下去。四下小舡，如蚂蚁相似，望大舡边来。（明 《水浒传》第八十回）

15. 尽总

"尽总"表总括，由同表总括的"尽"和"总"并用而成。我们只找到 1 例，如：

筵开排列，无非是异果蟠桃；席上珍馐，尽总是龙肝凤髓。（明 《包公案之百家公案》第二十九回）

16. 俱各、俱都、俱总

"俱各""俱都""俱总"表总括，由同表总括的"俱"和"各""都""总"并用而成。"俱各"我们找到 1776 例，"俱都"找到 514 例都出现在清代的文献中，"俱总" 1 例。如：

（1）黄大保、小保，贪财杀父，不分首从，俱各凌迟处死，

剐二百四十刀，分尸五段，枭首示众。（明 《喻世明言》卷二十六）

（2）贾芸接了，看那批上银数批了二百两，心中喜不自禁，翻身走到银库上，交与收牌票的，领了银子。回家告诉母亲，自是母子俱各欢喜。（清 《红楼梦》第二十四回）

（3）因村中防贼盗，俱都有枪与刀。这器具，真个妙，农事毕，便演操。（清 《狐狸缘全传》第六回）

（4）相于廷娘子又先与狄、崔两个姑娘告坐，惟素姐直拍拍的站着，薛夫人逼着，方与狄婆子合他大妗子三姨磕了几个头，俱都坐下。（清 《醒世姻缘传》第五十九回）

（5）各女亲俱体贴水夫人之意，只检顶真尊辈，作一闪受了拜礼，其余与本家等辈，俱总行小礼。（清 《野叟曝言》第一百五十回）

17. 统统都

"统统都"表总括，由表总括范围副词"统统"和"都"并用而成，我们只在《续济公传》中找到 5 个用例，如：

（1）那管牢的见是秋小霞面前得宠的宫人，那敢怠慢，随即领到里面一间，统统都是方矾石砌的，只有碗大一个空洞透气。（清 《续济公传》第一百七十八回）

（2）回禀和尚，外面一个闲工没有，统统都上工去了。所有有一件长衫的，据说另外不知有一个什么地方也是宝塔开工，选了四十名去。（清 《续济公传》第二百二十七回）

这个词组到现代汉语中还有用例，如：

（3）这回算是出了口气，把她会说的所有骂人脏话，统统都用上了。（老舍《鼓书艺人》）

18. 悉皆（皆悉）、悉具、俱悉

这一组词组都表总括，都是有表总括的范围副词"悉"与

"皆""具""俱"并用而成。我们共找到"悉皆"80 例，"皆悉" 3 例，"悉具" 4 例，"俱悉" 3 例，且"皆悉""俱悉"都只出现在清代小说中。如：

（1）日与督臣争执「南风进剿」；不惟三军皆悉其情，即通省士庶，亦皆俱晓。（清 《台湾外记》卷九）

（2）因晴雯睡卧警醒，且举动轻便，故夜晚一应茶水起坐呼唤之任皆悉委他一人，所以宝玉外床只是他睡。（清 《红楼梦》第七十七回）

（3）有司宜告征镇将军刺史，诸有浮图形像及一切经卷，悉皆破毁；沙门无少长，悉坑除之。（明 《东度记》第二十七回）

（4）况贾政世代诗书，来往诸客屏侍座陪者，悉皆才技之流，岂无一名手题撰，竟用小儿一戏之辞苟且搪塞？（清 《红楼梦》第十八回）

（5）使使巡行四方，旌贤举善，问人疾苦，狱讼紊滥，政刑乖愆，伤化扰俗，未允人听者，令悉具闻。至次日，议封恭帝为零陵王，令其别处歇马，非宜唤不许入朝。（明 《东西晋演义》第三百五十回）

（6）其一切含冤之故，悉具圭中。（清 《白圭志》第十回）

（7）其台湾地方形势，兵民削发，安辑事宜，应去应留，头绪多端，不便繁入疏稿；吴启爵、常在亲履其地，俱悉其情，兹专差二员赴阙披陈面奏。（清 《台湾外记》）

（8）查得青云营有磁窑一局，先归青云营征收租税，后划归沂州府兰山县征收，今将各窑户编查清楚，特设巡检一员，督理窑务，官名理窑巡检。余俱悉照旧章，无须更改。（清 《荡寇志》第一百三十九回）

这组词组后面都可以接动词或动词短语和名词或名词短语。

19. 率皆

"率皆"表总括，由同表总括的"率""皆"并用而成，其后可接动词或动词词组、形容词或形容词词组和名词或名词词组。我们共找到 27 例。如：

（1）于是东自秽貊，西及破落那，南距阴山，北尽沙漠，率皆归服，有众数十万人。十二月，却说段辽自败于燕、赵，逃入密云山，不能归故地，惧燕来攻，乃遣使降于赵。（明 《东西晋演义》第一百八十八回）

（2）随将木剑取出，挨次斩去，头落俱皆现形，率皆鳞介之类。又于洞前洞后，歼除无遗。（清 《绿野仙踪》第六十二回）

20. 咸皆、咸悉、咸共

这组词组都表总括，是表总括的"咸"与"皆""悉""共"并用而成。他们的使用频率各不相同，我们查到"咸皆"7 例，"咸悉"1 例，"咸共"1 例。如：

（1）时有他府州县，咸皆风雨调和，独有祥符县，自从龙莅任之后，多遭干旱。百姓耆老连名上呈，请从龙祈祷，全无应验。（明 《包公案之百家公案》第七回）

（2）化凤挥骑乘虚冲杀，诸镇营垒咸皆摇动，万礼力御，被乱箭射死。（清 《台湾外记》卷四）

（3）夫传奇于戏，名别而实因也。今君子操觚，莫不咸悉其意。故稗官野史，救污辟秽，于此为盛。（清 《春柳莺》序）

（4）鲁耀宗，生平淳善，乡党闾里悉受深恩，身家并无过犯，实遭诬，架捏窝情，白肉生疔，博天称屈，无辜受祸，咸共怜悯。愿保良善脱离惨冤。（明 《海刚峯先生居官公案》第七十回）

这组词组在明清时期使用频率就很低，且多出现在文白夹杂的白话小说中，到了现代汉语中已经找不到使用例证了。

（二）表限定范围副词的并用

1. 单只/只单

这一组词组是表限定范围副词"单"与同次类的"只""只有"构成。但"单"和"只"的组合顺序不定，"单只"在元代就已经出现，《赵氏孤儿》第二折中有"他不廉不公，不孝不忠，单只会把赵盾全家杀的个绝了种"。"只单"在宋代就已经存在，《朱子语类》卷六十七中有"程易除去解易文义处，只单说道理处，则如此章说'天，专言之则道也'，以下数句皆极精"。我们在明清白话小说中找到"单只"63 例，"只单"10 例。如：

（1）父问飞云："尔所从人学射的，多有死者，为何单只泣祭于周同之墓？"（明　《大宋中兴演义》第七回）

（2）济公一口气跑回行辕，张大人接着，见他身上缚着绳，单只一人，并不见雷鸣、陈亮，因问道："圣僧，你自己回来，怎么两位高徒仍不见呢"？（清　《续济公传》第六十六回）

（3）旗号上并没镖局的记号，单只红布上画一只白粉的狮子。（清　《施公案》第二二一回）

（4）众亲眷并戏子们看见，各自四散奔开，只单撇下廷秀一人。王员外原在遮堂后张看。（明　《醒世恒言》第二十卷）

（5）金桂不发作性气，有时欢喜，便纠聚人来斗纸牌，掷骰子作乐。又生平最喜啃骨头，每日务要杀鸡鸭，将肉赏人吃，只单以油炸焦骨头下酒。（清　《红楼梦》第八十回）

这两个词组是同素异序的词组。"单只"后所接的成分可以是动词像例（1），可以是名词像例（2），还可以是主谓结构像例（3）。"只单"后所接成分大部分像例（4）是动词或动词词组，只有像例（5）一例接的是介词结构。但这一组词组到民国时期的文献中就已经查找不到用例了。

2. 单单只/只单单

这组词组在我们只在明清时期的文献中找到用例，"单单只"在明代就已经出现，而"只单单"实在清代才出现的。单单只/只单单后面所接的多是动词，少数例证是接名词的。在明清白话小说中"单单只"有 62 例（后接名词的 5 例），"只单单"有 5 例（后接名词 1 例）。如：

（1）果是好座桃花山，生得凶怪。四围险峻，单单只一条路上去。四下里漫漫都是乱草。（明 《水浒传》第五回）

（2）他娘叫他认字，单单只记得"天上明星滴溜溜转"一句。（清 《醒世姻缘传》第三十五回）

（3）遂看《春容》道："你看小生只单单一身，你两个与画上的人儿，一印板凑成三个了。"大笑起来。（清 《燕子笺》第十八回）

（4）娲皇氏只用了三万六千五百块，只单单剩了一块未用，便弃在此山青埂峰下。谁知此石自经煅炼之后，灵性已通，因见众石俱得补天，独自己无材不堪入选，遂自怨自叹，日夜悲号惭愧。（清 《红楼梦》第一回）

3. 仅仅只

"仅仅只"表限定，由同表限定的"仅仅"和"只"组成，我们只在《歧路灯》里找到 1 例，如：

今日忽听邓吉士算明唱出数目，方晓得所售吴自知地价，仅仅只可完王经千一宗。主仆俱各怅然。（清 《歧路灯》第四十八回）

4. 唯只、惟只

这组词组都表限定，由同表限定的"唯""惟"与"只"并用而成，我们共找到 1 例"唯只"和 3 例"惟只"，如：

（1）斜枝嫩叶包开蕊，唯只欠馨香；曾向园林深处，引教蝶

乱蜂狂。原来这女儿会绣作。(明　《警世通言》卷八)

(2) 这般冷淡生涯，到处也贴些借人诗画；恁地萧条屋宇，近邻惟只有村老往来。(明　《禅真逸史》第二十二回)

(3) 正德乃将骰掷下，那三颗好的果现出六来，惟只三颗铅骰在碗中旋转摇动，俱露出么来。正德指着喝曰："何不满数!"只听得一声响，铅骰爆开为两半，三块各六点，三块么点。(清　《前明正德白牡丹》第四十三回)

我们查找的例证除了例 (3) 是清代的其余全都是明代的。

5. 只徒、只不过、只专

这一组词组表限定，是表限定的"只"和"徒""不过""专""但"的并用。我们共找到 3 例"只徒"，164 例"只不过"，3 例"只专"。如:

(1) 只道做贼快活，吃现成穿现成，逍遥自在好过日子，谁知贼饭更是难吃，一日到晚不能安歇，不过吃三餐粗饭并些剩下残羹，略稍稍有些差迟拖倒就打，并无处可趁一文一毫零碎银子，只徒奔走劳苦而已。(清　《天豹图》第二十四回)

(2) 你只不过要他的女儿，他已自肯了，又去冤屈了他，认真寻死觅活，却不是自己弄坏? 如今只有叫薛宝同你去，将这般话盖饰了。这事都被那孙静多疑，早不听他也罢，如今不必教他得知，省得他又来聒噪。(清　《荡寇志》第四十七回)

(3) "那厮两个落得快活，只专等你出来，便在王婆房里做一处。你问道真个也是假，难道我哄你不成?"(明　《金瓶梅》第五回)

(4) 你们也放心，我也很知道袭人的分儿、才调儿，也不拿他当众人使唤。只专派他西院里照料那些衣装绒线儿，便是芳官、藕官也怕的戏路儿生了，在西院里近着小灵岩、小栖霞一带，跟了教师近了清客在那边素串，等他们熟溜了，吉期时候好

到那边伺候去。（清　《后红楼梦》第十四回）

6. 止不过

"止不过"表限定，是表限定的范围副词"止"和"不过"的并用。我们共找到 40 例。如：

（1）他的初心止不过要读古人书，行古人事，做一个有道之君子，或者有日名闻诸侯之国，取爵禄、养妻子、结交游、蓄仆御，既拥富厚之资，又擅谋身之术。这都是倚空妄想，何足挂齿。（明　《七十二朝人物演义》卷二十二）

（2）说了，即便辞朝出来，忙去会着了徐义扶，把魏玄成手札与他看了，书上止不过说李、王家眷如何贞烈，三军如何伤感。叫他令媛惠妃夫人，念昔日王娘娘旧谊，撺掇秦王，在朝廷面前讨一坛御祭下来，以安众心。（清　《隋唐演义》第五十五回）

7. 不光止

"不光止"我们只找到 1 例，如：

况且又不光止打骂那妾，毕竟也还把自己丈夫牵扯在里头；也还不止于牵扯丈夫，还要把那家中使数的人都说他欺心、胆大、抱粗腿、惯炎凉。满河的鱼，一网打尽，家反宅乱。（清　《醒世姻缘传》第四十四回）

（三）表类同范围副词的并用

也亦

这个词组是由表类同的范围副词"也"和"亦"并用而成。我们共找到 45 例，如：

（1）我儿不必气忿，细想荫芝倚仗势位傲物凌人，多行不义，不独我们难与他斗，就是本县邑宰也亦惧他几分，况且古语有云：人欺不为欺天欺无处站。我们当作破财就是，不必同他作对，自取灭亡之祸。（清　《绣鞋记》第十回）

（2）始皇看得真切，忙将宝珠照孙燕打来，孙燕胸前起一道火光，用手一抹胸前，宝珠下地，放出千般毫光来。见一个黄面珠儿，在地下乱滚，也亦无暇去拾，催马将身上去。王翦忙挺枪来刺，欲伤孙燕。（清　《锋剑春秋》第五十八回）

（四）表统计范围副词的并用

共总

"共总"表统计，是由两个同表统计范围副词"共"和"总"并用而成。其后接名词或名词短语和动词或动词短语，在接动词时，多在动词后加"了"表示动作已经完成。我们共找到51例，如：

（1）主人开箱，却是五十两一包，共总二十包，整整一千两。（明　《初刻拍案惊奇》卷一）

（2）这人道："老二，你想想，咱们共总多少人。如今他们在上头打发饭，还有空儿替换咱们吗?"（清　《三侠五义》第六十七回）

（3）这日宁府中尤氏正起来同贾蓉之妻打点送贾母这边针线礼物，正值丫头捧了一茶盘押岁锞子进来，回说："兴儿回奶奶，前儿那一包碎金子共是一百五十三两六钱七分，里头成色不等，共总倾了二百二十个锞子。"说着递上去。（清　《红楼梦》五十四回）

二　不同次类范围副词的连用

（一）表总括范围副词与表限定范围副词的连用

表总括范围副词与表限定范围副词同时出现一起修饰同一谓语成分时，一般都是表总括范围副词在前，对这样排序袁毓林（2002）解释为"出于语序临摹动机（motivation of iconicity），总括副词还受到其前面的词语的吸引，使得它一定要居于限定副词之前"；杨荣祥（2005）进一步解释"这一顺序与这两类副词的语义指向有关，总括副词一般前指，所以居前；限定副词一定是后指，所以居后……总括副词的辖域大于限定副词"。这一顺序排列适用于大部分的情况，但在我们查找到的明清白话小说这两类范围副词的排列并不按这一顺序。下面我们将这一类连用分两类讨论。

总括→限定

1. 都各

"都各"是表总括的"都"和表限定"各"的连用表总括。"都"强调的是整体，"各"强调的是发出动作行为的个体，两者连用表示范围内的所有对象都各自具有某种动作行为或状态。我们共找到102例。如：

（1）消息传入岐阳府来，吴恢闻得此说，却也局促不安，不敢升堂审事。桑皮筋等都各心慌，只有管呵脬呵呵笑道："倔强老贼，不知通变，端的送了残生。不要说这两条狗命，便再死几个何妨！"（明 《禅真逸史》第二十五回）

（2）狄希陈叫狄周添买了许多果品，请李奶奶合童奶奶同坐。日西时分，李明宇、虎哥都各回家，都寻做一处，吃了一更多酒。后来李明宇家摆饭，童奶奶留坐，狄希陈回席，每次都是这几个人。（清 《醒世姻缘传》第七十五回）

到现代汉语也依然存在这样词组，如：

（3）在书法艺术中，篆、隶、楷、草各种书体，都各有一定的规则，惟独行书没有一定的写法。（《中国儿童百科全书》）

2. 都只

"都只"是表总括的"都"与表限定的"只"的连用，这里的"都"语义前指指向句中的主语一般为动作的实施者或状态的持有者，"只"语义后指指向谓语。我们共找到130

例。如：

（1）两个先锋和两个游击看见百夫人翻下马来，也都来抢功。一齐炮响，四下里四个将军一齐都到，都只说斩得首级，赏银五百两，此功非小。哪晓得百夫人撇了刀，丢了马，两只小金莲走在地上，其快如飞。（明　《三宝太监西洋记通俗演义》第八十一回）

（2）此人之才与貌都只平平，家势又甚单寒，为他哪一样？若止要如此选婿，也不必选了。但他说已成之事，我何难一行。（明　《巧联珠》第八回）

（3）一日，创好销假，军厅老胡、粮厅老童，都只说了几句闲话而已。刑厅老吴取笑道："前日我再三叫你小心回避，你却不听我的好言。"（清　《醒世姻缘传》第九十八回）

这一词组一直沿用至今，如：

（4）一般人都只看到我们风光的那一刻，并没看到我们受苦的时候。（《中国北漂艺人生存实录》）

3. 皆只

"皆只"笔者共找到2例，如：

（1）其中繁文絮话，不必细载。只说小钰除了祖父母、伯母、母亲、哥哥前行跪拜礼，余人皆只一揖。（清　《绮楼重梦》第二十五回）

（2）如今天已和暖，不用十分修饰，只不过略略的铺陈了，便可他二人起坐。这厅上也有一匾，题着"辅仁谕德"四字，家下俗呼皆只叫"议事厅"儿。如今他二人每日卯正至此，午正方散。（清　《红楼梦》第五十五回）

这个词组的用法与"都只"相似，到现代汉语已经基本不用只在一些带有文言色彩的文献中还有少许用例。

限定→总括

1. 大抵都、大抵皆、大抵俱

这组词组是表限定范围副词"大抵"和表总括范围副词"都""皆""俱"连用。他们在明清白话小说中使用情况对比如下：

表3   "大抵都""大抵皆""大抵俱"使用情况

词组	大抵皆	大抵都	大抵俱
出现次数	7	3	2

（1）及他所奉之书，大抵都述吉梦，都是此意。人赏之者，皆三五金以上。（明 《杜骗新书·诈哄骗》）

（2）讲那英雄豪杰，随地而生，不论富贵贫贱之家，若自能振拔，定转贫为富，转贱为贵。其原处富贵的，自更光前启后，大抵都要做一个万古不磨的汉子，才为了当。然而古来豪杰能有几个是万古不磨的？（清 《快心编》十六卷 三十二回）

（3）国史载累朝实录，赡而不秽，详而有体，尚矣。野史记委巷贤奸，山林伏莽，自汉唐以来代有其书，大抵皆朽腐之谈，荒唐之说居多。（清 《岭南逸史》序）

（4）更有骑着快马，打着火亮，赶来说亲的，见栅栏府门，方才转去，打算明早再来，正是：俗情大抵皆趋势，贤士无人不爱才。（清 《野叟曝言》第一百二十四回）

（5）亦有妇女毒心在抱，而谋杀丈夫者，大抵皆一淫字误之。（清 《绣云阁》第九十三回）

（6）二人专掌征伐帷幄之事。其余大小从征诸将，各有封爵，大抵俱仍旧职加一级任使，又改封：陆静为左丞相兼督诸军事。陆松为右丞相兼督诸军事。（清 《后三国石珠演义》第十一回）

（7）妖僧他是妖怪，那时看不见，这会子在云端内就看见咧！既有此问，只得叙明。众妖大抵俱知。（清　《施公案》第九十九回）

在我们查找的明清白话小说中"大抵都"后都是接的动词。"大抵皆"后接名词像例（3）、动词像例（4）和句子像例（5）。"大抵俱"后接动词或动词词组。

我们将这三个词组出现的句子主语设定为 X，谓词成分设定为 Y，他们之间的修饰关系可分析为：

图 4　主语和谓语与大抵＋皆/都/俱修饰关系图

"大抵皆"早在西汉时期就已经出现，在《史记》中有"至于高祖，光有四海，叔孙通颇有所增益减损，大抵皆袭秦故"；"大抵都"在宋代就已经出现，《朱子语类》中有"大抵都主于心。'性'字从'心'，从'生'；'情'字从'心'，从'青'。性是有此理。且如'天命之谓性'，要须天命个心了，方是性"；而"大抵俱"清代才出现。他们最终的命运也各不相同，"大抵皆"文言色彩浓在北京大学语料库现代汉语中只找到 5 例（其中有 4 例是引用原来的古文，1 例是仿古文写的），"大抵都"使用最多有 80 多例，"大抵俱"没有例证。

2. 大都皆

这一词组是由表限定的"大都"和表总括的"皆"组合而成，笔者共找到 2 例。如：

（1）他却必须住在租界或外国，以骋他反背国法的手段；必须痛低人说有鬼神的，以骋他反背天理的手段；必须说叛臣贼子是豪杰，忠臣良吏为奴性，以骋他反背人情的手段。大都皆有辩才，以文其说。就如那妒妇破坏人家，他却也有一番堂堂正正的道理说出来，可知道家也却被他破了。（清 《老残游记》第十一回）

（2）吁！可怪已。此其谋，大都皆出呼家宝。彼家宝以庸劣之才，持中外之事，丧师辱国，不能展一奇谋，计惟以君之妻饵朕。（清 《笏山记》第五十六回）

这个词组在现代汉语中已经不再使用。

3. 多半都

这组词汇是由表限定的"多半"和表总括"都"连用而成，我们共找到 7 例，如：

（1）却说僧、道赌胜，张天师在九间金殿上立了坛场，文武百官多半都是他的心腹，也有念谣歌的，也有唱道情的，都只是助张天师的兴。金碧峰长老站在玉阑杆之下，只作不知。（明 《三宝太监西洋记通俗演义》第十三回）

（2）"小弟有个奶娘在此，此妇极其精细停当，兼且华家人多半都认得他，待小弟去吩咐他，即刻前去。"蒋青岩随即起身，到后面庄房边，唤过那奶娘到眼前。（清 《蝴蝶媒》第七回）

这一词组在现代汉语中还有少量用例，如：

（3）他也是穷人出身，过去他祖辈在这东西大道上开设一家小店，结识江湖上的朋友很多，当然这些人多半都是些穷苦的人。（《铁道游击队》）

（二）表类同范围副词与表总括范围副词的连用

1. 亦都全

"亦都全"笔者只找到 1 例。如：

床面前四张外国椅子，一张小小圆台；圆台上放着一个小小船合①，堆着些蜜饯点心之类，极其精致，说是预备姑奶奶随意吃吃的。靠窗一张妆台，脂、粉、镜奁，梳、篦、金暴花水之类，亦都全备，又道是预备姑奶奶或是觉后或是饭后重新梳妆用的。（清　《官场现形记》第三十八回）

2. 也都

"也都"笔者共找到 920 例。如：

（1）凤管、鸾箫两妖，也都变的凶恶如山精鬼怪一般，齐齐吰吰喝喝，恐吓这假唐僧三个。（明　《续西游记》第二十六回）

（2）梁佐领了兵马，耀武扬威，排了阵势。那两家的兵马也都出来应敌，他却不伤一个官兵，他也不被官兵杀去一个，左冲右挡，左突右拦，他只费了些招架。（清　《醒世姻缘传》第九十九回）

到现代汉语中还有大量的用例，如：

（1）由于宋子良搞得一塌糊涂，以后改由交通部部长俞飞鹏亲自兼任总局长，后来并有美国人参加整理，也都不见起色。（《中国远征军入缅对日作战述》）

3. 亦皆

"亦皆"笔者共找到 241 例。如：

（1）司马懿推病不出，二子亦皆退职闲居。爽每日与何晏等饮酒作乐：凡用衣服器皿，与朝廷无异；各处进贡玩好珍奇之物，先取上等者入己，然后进宫，佳人美女，充满府院。（明　《三国演义》第一百零六回）

（2）园中前后东西角门亦皆关锁，只留王夫人大房之后常系他姊妹出入之门，东边通薛姨妈的角门，这两门因在内院，不必关锁。里面鸳鸯和玉钏儿也各将上房关了，自领丫鬟婆子下房去安歇。（清　《红楼梦》第五十九回）

到现代汉语我们只查到 33 例且多出现于有文言色彩的作品或翻译作品中，在人们的口语中已经不再使用。

（三）表类同范围副词与表限定范围副词的连用

1. 也只、也不过

"也只""也不过"这两个词组在明清白话小说中出现的频率与其他同类型的词组相比较而言频率偏高。如：

（1）小僧也只为一个老叟，要请去诵一会经卷功德。承他顺路，叫家众扛帮一程，到他孙儿家去，故此托他担着。（明 《续西游记》第九回）

（2）我听了这话，不觉心中一动，暗想我父亲去世那年，我也只得十五岁，也是出门去运灵柩回家的，此人可谓与我同病相怜的了。因问道："你怎么知道的这般详细？"杏农道："我同他一相识之后，便气味相投，彼此换了帖，无话不谈的；以后的事，我还要知得详细呢。"（清 《二十年目睹之怪现状》第六十九回）

（3）你卖弄杀花篮的好处，也不过是障眼法儿，我决不信。（明 《韩湘子全传》第十五回）

（4）这话讲在头里，他大约也没个不服查的理。如果里头有个嚼牙的，他也不过是个人罢咧，我又有甚么见不得他的呢？只管带来见我。"你们果真照我这话办出个眉目来，现在的地是清了底了，出去的地是落了实了，两下里一挤，那失谜的也失谜不了了，隐瞒的也隐瞒不住了，这件事可就算大功告成了"。（清 《儿女英雄传》第三十三回）

到现代这一词组使用得更加频繁了在文学作品和口头语都出现。如：

（5）就我个人经验，舞美设计要注重和整体的配合，不要把舞台当做自己独立的创作，你的作品无论如何杰出、如何伟大，也只能是整个演出的一部分，这样才能做到不抢戏、不虚张声势、不造作。（《中国北漂艺人生存实录》）

（6）但是，买办的收入再丰厚，也不过是外商餐桌上的残羹

剩饭而已。（《1994 年报刊精选》）

2. 也多半

"也多半"我们只找到 1 例。如：

（1）凡各营伍的武将，各衙门的吏员，也多半是他的相知。（清 《快士传》第二卷）

我们查找北大语料库现代汉语语料库，这一词组只有 43 例用例，如：

（2）路上，他看见乱七八糟的脚印都是和他走的一个方向，等他快接近洛耿家的院墙时，发现这些脚印，也多半是朝洛耿家走去的。（《敌后武工队》）

3. 也不光

"也不光"我们只找到 2 例。如：

（1）不要看我是个道台，我的胆子比沙子还小。设或闹点事出来，你我有几个脑袋呢？也不光我是这样，或是上头制台，亦何尝不同我一样呢。上头尚且如此，你我更不用说了。（清 《官场现形记》第五十回）

（2）你有这么说的，你替他们家在心的办办，那就是你的情分了。再者也不光为我，就是太太听见也喜欢。（清 《红楼梦》第一百零一回）

到现代"也不光"的使用频率上升至 43 例，但因为这个词组中的"不光"在现代多用于口语，这个词组也多出现在口语或口语性浓的作品之中。如：

（3）类似的事件也不光发生在伊拉克，早在阿富汗战争期间，美军就曾以同样的方式虐待和羞辱过塔利班战俘。（新华社 2004 年新闻稿）

（4）表统计范围副词和表限定范围副词的连用

4. 共总只

"共总只"连用我们只找到 1 例，如：

幸亏糖葫芦眼睛快，说道："别的好拉，他的辫子是拉不得的！共总只剩了这两根毛，拉了去就要当和尚了！"乌额拉布果然放手。（清 《官场现形记》第三十一回）

第二节　范围副词与其他类副词的连用

副词间连用的顺序并不是随意的，而是遵循一定原则依次排列。这里的原则就是学者们常常提到的副词辖域（scope）的大小决定了连用的顺序。辖域越大的位置就越靠前，反之则靠后。依据我们对明清白话小说语料的调查分析，结合学者研究的成果，这一时期的副词连用的顺序大致可表述为：语气副词→表类同范围副词→表总括范围副词→时间副词→表限定范围副词→否定副词→程度副词→情状方式副词（我们没有找到表统计范围副词与其他类副词连用的例证所以在排序中不考虑表统计范围副词）。大部分范围副词与其他类副词连用时都是遵循的上面的顺序，也有部分的范围副词与其他类副词连用时违背了这一顺序，但这只是极少数的情况。

本节我们主要论述明清时期范围副词和副词其他种类之间的连用情况，了解这一时期范围副词与其他类副词连用的基本情况。我们分两种情况分别论述：

一　按副词连用顺序排列的

这一类是明清白话小说中出现的副词连用中严格按照前面我

们所总结的范围副词与其他类副词连用顺序排列的部分。这是语言的常规语序因此我们在讨论是没有穷尽性的举例，只是选取部分连用问例证说明这一大家公认的语言现象。

（一）范围副词与语气副词连用

语气副词在所有副词中是虚化程度最高的，它的辖域是最大的，通常位于副词连用的最前面。

1. 语气→表类同范围副词

（1）这些猴儿话语儿轻，喉咙儿清，想必也是有些气候的。（明　《三宝太监西洋记通俗演义》第二十回）

（2）却亦有一说，天生一个狂人，无论事成不成，生时定有一个好兆，生下便具一个异相。又凑著一班妄人，便弄出大事来。（明　《醉醒石》第十二回）

（3）看他这样，大概也是强盗出身。（清　《施公案》第二百九十八回）

2. 语气→表总括范围副词

（4）大太爷吩咐的是，但是咱们这几个人太爷未必都认清楚，停会儿越闹越多，兑起银子来给谁的是？（清　《红楼梦补》第十七回）

（5）一个穷和尚同着一个光眼子的，又来了两个怯货，大概都是没钱。掌柜的说："等他们吃完再说。"（清　《济公全传》第六十七回）

3. 语气→表限定范围副词

（6）这咱晚多定只在那里。你小孩子家，只故撞进去不妨。（明　《金瓶梅》第四回）

（7）魏翩仍拿了去，其实只给了新嫂嫂五百块，陶子尧却又谢他五百块，共总意外得了二千。（清　《官场现形记》第十一回）

（二）范围副词与否定副词连用

范围副词与否定副词连用，按常规的语序应该是范围副词→否定副词。如：

（1）不是恁大人情，平白拿了你一场，当官蒿条儿也没曾打在你这忘八身上，好好儿放出来，教你在家里恁说嘴！（明 《金瓶梅》第十四回）

（2）智贤弟，你不用多虑，他们都是准走子午之时，再说本领全都不弱。（清 《续小五义》第七十七回）

（3）此时施生早已回来了，独独不见了艾虎，好生着急，忙叫书童。书童说："艾爷并未言语，不知向何方去了。"（清 《七侠五义》第一百零一回）

（三）范围副词与时间副词连用

范围副词与时间副词连用的顺序比较复杂，不同次类的范围副词与时间副词的连用顺序是不一样的，我们分别讨论：

1. 表类同范围副词→时间副词

（1）原是敕封元帅将，也曾开宴会瑶池。（明 《续西游记》第二回）

（2）臣思昔日魏公亦曾推心置腹于臣，相依三载，岂有生不能事其终，死又不能全其义乎？（清 《隋唐演义》第五十五回）

2. 表总括范围副词→时间副词

（3）你这些畜生，还说你有德有行，你们七世前都是个人身，都曾放火烧人房屋，已经七世变畜生，不离汤火之灾，冤业尚然未满，却又生这一场赛星飞来烧你，今番却得了人身。（明 《三宝太监西洋记通俗演义》第九十回）

（4）不欺众侯伯听见宣读圣旨，知大央侯事已败露，竟走一个干净，许多家人都渐渐躲了，惟推官、知县过来参见。（清 《好述传》第二回）

3. 表时间副词→限定范围副词

（5）那时正是初更左右、星光满天，众人都在舡上歇凉。忽然只见一阵怪风起处，那风，但见：飞沙走石，卷水摇天。（明　《水浒传》第十九回）

（6）于是又盘算了一回，想要找个朋友谈谈心，想："这些朋友当中，一向只有黄胖姑、黑八哥两个遇事还算关切。我明天先找他两个商量商量再说。"（清　《官场现形记》第二十八回）

（四）范围副词与程度副词连用

范围副词的辖域大于程度副词，两者连用时的语序为范围副词→程度副词。如：

（1）马金锭遂问他的兵法，程玉梅就盘他的战策，谢灵花对答如流，众小姐十分欢喜，连马爷也十分爱他。（明　《粉妆楼》第六十八回）

（2）沈二宝见阿玉身上穿的、头上戴的，都甚是齐整，便又对他叹一口气道："耐来浪妹子搭倒蛮好，耐妹子生意阿好呀？"（清　《九尾龟》第一百六十二回）

（3）那龙蛇蛟蜃只略略翻一翻身，那几千百顷的高岸，登时成了江湖，几千百万人家葬于鱼鳖。他只见了寸把长的蜈蚣，就如那蛐蟮见了鸡群的一样。（清　《醒世姻缘传》第六十二回）

在我们查找的资料中，表限定范围副词与程度副词连用时，使用的程度副词都是表程度弱。

（五）范围副词与情状方式副词连用

情状方式副词的辖域最小，一般都是紧贴被修饰的动词或动词词组。如：

（1）岂知碧霄出门游玩去了，仲蔚认识的大丫头云倚、倚虹，也一起去的。只有十余岁的丫头，同乳娘在家。（清　《海上尘天影》第七回）

（2）又命火药局装起火铳、火炮、火箭、鸟嘴喷筒等项，都一一试过。自黎明至天晚，太祖照簿上所记胜负，各行赏罚。（明 《英烈传》第四十五回）

（3）皆因他一时看的人都不及他，只一味哄着老太太，太太两个人喜欢。（清 《红楼梦》第六十五回）

二 不按常规副词连用顺序排列的

这一类是明清白话小说中出现的范围副词与其他类副词连用时排列顺序不是按前面所说的常规语序的副词连用，即人们通常说的特殊顺序。我们主要通过穷尽描写范围副词“都”与其他类副词连用时的非常规顺序，来对这一现象进行讨论。

（一）语气副词与范围副词的连用

在范围副词“都”与语气副词连用时，有“都恐怕”“都根本”“都故意”“都是必”“都未必”“都未尝”“都不免”7个有悖于常规语序的连用。如：

（1）起初巧姐不曾过门之先，薛家的人都恐怕他学了素姐的好样来到婆婆家作业。（清 《醒世姻缘传》第五十九回）

（2）把老胜家解药拿来了，萧银龙也带着解药，丘连也有。但是，这几种解药，都根本无效，吃了跟没吃一样。（清 《三侠剑》第四十五回）

（3）钗、黛二人脱了新衣，便将才刚儿贾母所说之言，告诉了他们四人一遍。他四人听了，都碰在心坎儿上来了，都不好意思喜欢出来，却都故意的脸上放的淡淡的，服侍钗、黛二人脱衣就寝。不过盹睡了片时，东方大亮起来。（清 《续红楼梦》第二十一回）

（4）从来不忠之臣、不节之妇，都假借一个美号，遂其奸淫。或说勉嗣宗祧，或说苟延国脉，都未必出于本心，直等国脉

果延、宗祧既嗣之后，方才辨得真假。如今蒙列位苦劝，我欲待依从，只有一句说话，也要预先讲过。（清　《十二楼》第一回）

（5）自己起来，回想方才夜间之事，自己都不在情礼之中，要叫舅舅知道，多有不便。我平素见何等女子都未尝动心，怎么昨日做出这样事来？若叫外人知道，岂不把一世英名污了。（清　《续济公传》第二十五回）

（6）众人都不晓得王爷是个甚么意思，劳民动众，费钞费贯，都不免有些埋怨。只是军令所在，不敢有违。（明　《三宝太监西洋记通俗演义》第八十回）

但这 7 个连用在整个明清白话小说中出现的频率很低，他们与同样组成成分的常规语序连用使用频率对比如下：

表4　　　　　　　　特殊顺序和常规顺序出现次数对比

特殊顺序连用（出现次数）	常规顺序连用（出现次数）
都恐怕（1）	恐怕都（2）
都根本（1）	根本都（4）
都故意（1）	故意都（3）
都未必（2）	未必都（7）
都未尝（1）	未尝都（1）
都不免（5）	不免都（1）

除了"都不免"以外，其他的都是常规连用顺序的使用频率高于特殊连用顺序。从范围副词的角度出发探求这种特殊顺序产生的原因有：其一，部分范围副词像"都"可以作总括范围副词还可作语气副词，"都"在句中作表总括的范围副词的同时还带有强调的语气。其二，音节的制约。就汉语词汇的一般排列顺序

而言双音节词常出现在单音节词前，符合人们的发音习惯。

（二）范围副词与否定副词的连用

范围副词"都"与否定副词连用中有"别都""不都""不必都""不曾都"四个非常规顺序的连用。如：

（1）顾焕章说："我与王天宠两个人看守，你们三位养养神，别都熬乏了。"（清 《永庆升平后传》第三十一回）

（2）相于廷道："咱就行个令，咱今日不都吃个醉不许家去。"（清 《醒世姻缘传》第五十八回）

（3）二祖说道："众位仙真不必都去，只用几位跟我下山足矣。"（清 《锋剑春秋》第四十四回）

（4）你那攒盒，他又不曾都拿去了，不过吃了你十来钟酒，这们小人样！（清 《醒世姻缘传》第五十回）

在我们查找的明清白话小说中"别都"出现 3 次，"不都"出现 52 次，"不必都"出现 4 次，"不曾都"出现 1 次。而与他们组成成分相同按常规顺序排列的"都别"出现了 25 次，"都不"出现 4387 次，"都不必"出现 77 次，"都不曾"出现 136 次。

值得注意的是范围副词"都"位于否定副词前后不同意义也不同。位于否定副词前是对修饰对象的全部否定，位于否定副词后是对修饰对象的部分否定。关于这一现象尹洪波（2011）从否定副词的角度出发引用吉翁（Givon，1979：107）的"否定句是针对一个相应的肯定句而言"的观点，认为否定"都"，就意味对接近"都"的一个量的肯定。同时还指出这种否定是自然语言中最普遍的法则就是叶斯泊森（Jespersen，1924：469 – 470）所说的语言的"一般规则"是"not（不）"表示"less than

（少于）"。①

我们发现并不是所有的表总括范围副词都可以像"都"一样同时适用两种顺序，必须具备以下几个条件：1. 必须是单音节表总括范围副词，双音节的都不行；2. 表总括范围副词需是强调动作行为所涉及的全部对象总体的，而不是强调动作对象所涉及对象的每个个体的。

（三）范围副词与时间副词的连用

范围副词"都"与时间副词连用有"便都""即刻都""立刻都""历来都""起初都""霎时都""然后都""从来都""已都""往往都""刚才都""忽然都"12个。如：

（1）若要去叫，须得许大工夫。莫若将咱那面铜锣筛响，他们一闻锣声，便都来了。（清　《狐狸缘全传》第六回）

（2）贾政叹气道："完聚未久，忽又分离，天命虽不可违，人心岂能无感，快吩咐套车，我们大家即刻都到庙里去见见老太太，先讨讨教训，明晚再预备祭祀。"（清　《续红楼梦》第二十九）

（3）林冲道："我濮州正是这样。追奔之时，大众踊跃；前锋一挫，立刻都溃散了。"（清　《荡寇志》第一百三十二回）

（4）要是认真追究起来，我们虽然要担不是，他自己先有了个失察错误的处分。所以那班堂官就是明知道我们作弊，也无非打个哈哈就过去了，历来都是这个样儿。（清　《九尾龟》第一百一十七回）

（5）惹草招风，饮酒赌博，偷香窃玉，无所不会。起初都叫他是浮浪子弟。新近才升了这个伍二鬼的名号。（清　《唐钟馗平鬼传》第十一回）

---

① 尹洪波：《否定词与范围副词共现的语义分析》，《汉语学报》2011年第1期。

（6）众人渐渐散讫。你说这个母夜叉，也算做是女中闲汉，却把他一番鬼话，哄得众人冰骨，霎时都去了。分明是一段楚歌，吹散了八千子弟。（清 《女开科传》第七回）

（7）众兵丁到上房一看，原来是孟四雄、李虎、刘大、李二。先把四人刀给夺过来，然后都锁上。出来各处一找，并不见那二人，正自着急，听见马槽底下有沉吟之声，过去一看，原来是冯顺爬在那里。（清 《济公全传》第三十一回）

（8）正是；富贵从来都有命，漫思持锸撮巍科。当下夏元虚听了毕纯来之言，觉得津津有味。（清 《铁花仙史》第十七回）

（9）早望见门楼已都改造过了，造得十分雄壮，上头写着栲栳大金字；是"太上行宫"四个字。（明 《醒世恒言》第三十七卷）

（10）妹子向来参详题义，往往都有几分意思，无如所读之书都是生的，所以打他不出。（清 《镜花缘》第七十八回）

（11）不用说了。你这些话刚才都说过了，还不是同大家一样的。你的话也不能为凭。（清 《官场现形记》第二十三回）

（12）大家各执一业，倒也各有所得，料可成家，不负了老拙这一番教训。谁知他四个忽然都变了，怠惰本业，相争相竞。大子荒废了学业，要夺农工；次子懒惰耕耘，乃经商贾买卖；三子不习手艺轻便，反去力农；四子不务经营，游闲浪荡。（明 《东度记》第六十五回）

"便都"出现279次，"即刻都"1次，"立刻都"3次，"历来都"3次，"起初都"2次，"霎时都"1次，"然后都"3次，"从来都"3次，"已都"117次，"往往都"2次，"刚才都"3次，"忽然都"5次。且这些连用中"历来都""起初都""从来都""霎时都""往往都""刚才都""忽然都"在明清白话小说中我们甚至查不到其常规顺序连用的例证，但结合这一时期其他的文献材料我们还是能找出常规顺序的用例。

　　这种特殊连用顺序的出现我们将其归为以下几点原因：1. 音节的制约。单音节词排在双音节词之后。2. 部分时间副词与语气副词兼类。像"便"既可作时间副词也可作语气副词，它在句中作时间副词的同时带有肯定语气意味。3. 时间副词在句中有时会起关联作用，这种情况的时间副词的位置就在范围副词之前。像"历来都""起初都""从来都""霎时都""往往都""刚才都""忽然都"。

　　（四）范围副词与情状方式副词的连用

　　情状方式副词在整个副词体系中虚化的程度最低，同其他类副词相比，它与后所接动词结合得较为紧密，因此一般情况下情状方式副词与动词之间没有其他成分。它与其他类副词连用时一般在最后，但我们查阅明清时期白话小说发现有特殊连用顺序的10个，即"互相都""索性都""一例都""一齐都""一一都""赶紧都""一起都""一同都""各各都"。如：

　　（1）姑娘，咱们打仗讲的是真刀真枪，用这种手段赢人，不算英雄，我跟你父说得清楚，十阵赌输赢，孟金龙和闵德润他们两人比武，别人都不得参与，如今咱们双方都失信了，互相都派人干预此事，这是不守规矩呀，姑娘，能不能把两个人都救过来呀。（清　《三侠剑》第二十八回）

　　（2）小塘微微冷笑说："贤弟说哪里话，一个葫芦什么出奇，愚兄还有一个，若要用它，索性都送贤弟。"（清　《升仙传》第二十八回）

　　（3）吴月娘埋怨金莲："你见他进门有酒了，两三步叉开一边便了。还只顾在跟前笑成一块，且提鞋儿，却教他蝗虫蚂蚱一例都骂着。"（明　《金瓶梅》第十八回）

　　（4）这妖蠹听了，我道我去，你道你去，一齐都往河下去

了。（明 《续西游记》第八回）

（5）早有尚衣太监走近跟前，一一都替他穿戴起来。穿戴完了，杨素即请他升那九五之位。（明 《隋炀帝艳史》第四回）

（6）下了坛，依旧把英剑供在香案上。接着左、右副元帅逐一都照样的行礼，只少了兵部捧剑。赞的是行四拜礼，其余皆是一样。（清 《绮楼重梦》第十七回）

（7）到了次日早饭后，忽然有京营殿帅张士达，带着五百兵，连临安府县全都到庙中来，叫知客僧方丈说："今日太后圣驾来庙降香，赶紧都收拾干净，伺候迎接圣驾。"（清 《济公全传》第二百三十二回）

（8）鼍士读了一遍，笑道："好好好！把这景致一起都括尽了，是谁作的？为什么不书下款？"（清 《海上尘天影》第二十三回）

（9）一时镇江府、丹徒县游击、参将、守备、文武官员，一同都到帅府请安，救火。米太太向众官说道："诸位与我追拿强盗要紧！"众官大惊，忙忙调齐大队人马，追将来了。（明 《粉妆楼》第四十六回）

（10）一个个兄弟下山去，不曾折了锐气。新旧上山的兄弟们，各各都有豪杰的光彩。这厮两个把梁山泊好汉的名目，去偷鸡吃，因此连累我等受辱。（明 《水浒传》第四十六回）

考察对比相同组成部分的常规顺序副词连用在明清白话小说中的使用频率，如下表：

表5　　　　特殊顺序副词连用和常规顺序副词连用对比

特殊顺序副词连用（次数）	常规顺序副词连用（次数）
互相都（1）	都互相（6）
索性都（7）	都索性（1）

续表

特殊顺序副词连用（次数）	常规顺序副词连用（次数）
一例都（2）	都一例（3）
一齐都（295）	都一齐（131）
一一都（71）	都一一（74）
逐一都（2）	都逐一（0）
赶紧都（2）	都赶紧（2）
一起都（13）	都一起（6）
一同都（8）	都一同（2）
各各都（3）	都各各（8）

这里的特殊顺序形成的原因为：1. 音节的制约。单音节多数情况下位于双音节后，像"互相都""赶紧都""逐一都"。2. 部分情状方式副词还可作语气副词，像"索性"作情状方式副词时，如果带有强调语气意味就有可能出现在范围副词之前。3. 部分情状方式副词带有"全部"的意味，这类词可与表总括范围副词互为先后。像"一一""一例""一起""一同""各各"。

第三节 小结

本章主要论述了范围副词内部同类词语的并用、范围副词内部不同次类词语以及范围副词与其他类别副词的连用。

副词并用在先秦的时候已经产生，中古时期十分的兴盛，明清时期这一现象已经衰落。关于副词并用日本的吉川幸次郎久（1939）就已经有论述，接下来研究的有牛岛德次（1971）、E. Zürcher（许理和，1977），中国的学者在 20 世纪九十年代开始研究这一课题代表人物有王海棻（1991）、柳士镇（1992）、解惠全（1997）、梁晓红（2001）、杨荣祥（2004）等，他们的研究中都提到了范围副词并用的情况。其中杨荣祥在他的《论汉语史上的"副词并用"》综合论述了各家的说法，考察这一现象在各个时期的情况，对其兴衰的原因做了很好的解释。其中有对副词共用在宋以后走向衰落的原因分析：其一，它不是意义表达的需要，从意义上来说，并用只是一种冗余。其二，并用的副词往往是很常见的副词，其独立性很强，而并用的结合又是松散的（可以多个同义、同类副词交互并用，两个副词可以颠倒位置并用），因此不能凝固为复合词，这样并用出了在韵律上的作用外，对语言的词汇系统说，都是很难接受的。其三，副词并用违背了语言经济原则。其四，并用副词中单音节副词意义、功能都是比较单一的，不需要双音节构词来区分、明确意义，所以没有生命力。

我们研究发现明清白话小说中存在范围副词的并用现象，但相比较副词并用的高峰时期，它的使用频率已经大大减少，这为现代汉语范围副词并用现象消亡提供了过渡时期。部分并用到现在还存在，我们认为是组成这些词组的词造成的。像"处处都""遍地都"等，"处处""遍地"是处所总括范围副词，这类词相对而言还带有部分实词的意味。像"统统都""仅仅只""只不过"等，这类词组前面的范围副词已经带有了语气副词的意味了，现如今也有不少学者是直接将这类并用说成是语气副词与范围副词的连用。

关于副词连用，也有学者做了很多的研究。张一定（1987）《关于汉语副词连用》、黄河（1990）《常用副词共现时的顺序》、赖先刚（1994）《副词的连用问题》、张谊生（1996）《副词连用类别和共现顺序》、袁毓林（2002）《多项副词共现的语序原则以及认知原理》、杨荣祥（2004）《近代汉语中副词连用的调查分析》等。除了杨荣祥的是论述近代汉语副词共现以外其他的都是对现代汉语副词共现的论述，张一定的还是从维汉对译的角度对这一现象进行探讨。有他们的论述，可大致得出汉语范围副词内部连用的顺序：类同副词→总括副词→限定副词，副词共现的顺序：语气副词→表类同范围副词→表总括范围副词→时间副词→表限定范围副词→否定副词→程度副词→情状方式副词。他们还总结了副词共现时必须遵循的原则：范围原则、接近原则、语篇原则（袁毓林，2002，313—339 页）。我们认为这三个原则的提出不是从同一个层面出发的，"语篇原则"是从篇章的角度出发的，而前两个原则是从句法角度出发的，但这三条原则的提出也使我们明白了确定不同类副词排列顺序，首先要考虑的是篇章语法，这也符合人们的交流实际。

对符合汉语副词共现顺序的我们只简单的举例，本章重点以范围副词"都"为研究对象，列举其在明清白话小说中与其他类副词共现是不同常规顺序的连用，力求寻找出现这一特殊顺序的原因。我们将其原因总结如下：其一，音节的制约。汉语的使用习惯一般单音节要用于双音节之后。其二，明清时期范围副词语义指向可前可后比现代汉语自由，为它在与不同副词共现时位置发生不同变化提供可能。其三，汉语副词本身存在兼类现象，且有时句中的副词从不同的角度出发可得出不同的分类，尤其所研究的词语还可兼做语气副词时，连用顺序就很有可能发生变化。其四，语篇因素的影响。若连用中的一个副词词语在整个语篇结构中有关联的作用，那么它的位置就要前置。

第五章

结　　语

　　明清时期是汉语发展史上的重要历史时期，它为古代汉语与现代汉语间架设的一座桥梁。这个时期出现的范围副词既有对古代汉语的继承（表现为沿用古代汉语中已有的范围副词），又有新的范围副词的产生且一直沿用至今的，其中虽有个别词语使用频率和存亡的变化，但总体而言这一时期起的是承上启下的作用。对这一时期白话小说中出现范围副词的考察，有助于我们对整个汉语史中范围副词发展史的认识。这一时期白话小说中范围副词的特点：

　　第一，这一时期整个范围副词体系双音节合成副词已经占到了55.2%处于优势地位。双音节占优势，这也与汉语发展双音节化的趋势相一致。

　　第二，整个范围副词体系很"杂"。这里的"杂"不是说"杂乱无章"，一是指整个体系中范围副词既有文言色彩浓的范围副词，也有口语范围副词。明清时期的白话小说是市民阶级精神文化的产物，是人们喜闻乐见的文化形式，这就要求作者在写作是尽可能多地使用口语，使作品浅显易懂。但这一时期的白话小说毕竟还不是严格意义上的白话文，很多作品都是文白夹杂的，里面所具有的范围副词也不可避免既有文言范围副词又有口语范围副词。另一个"杂"是指其中的方言范围副词与官话范围副词夹杂在一起。为了使自己的作品广泛的流传，达到雅俗共赏的地步。这一时期的作者在写作的时多以官话为主基调，真实地反映了当时官话的语言面貌。但也是基于流传的需要，作品中大量的使用口头语（俚语、俗语、谚语、歇后语），使得这一时期的作品与以往任何时候的作品相比有更强的地方特色，方言特色明显。作品中有不少的方言范围副词，要建立完整的范围副词演变体系这是不可或缺的一部分。还有一个"杂"就是汉语史多个时期范围副词的大杂烩。通过前面的论述可知明清白话小说中的副词汉语史中上古、中古和近代产生的都有，但有不是他们之间简单的叠加，其间会有各范围副词之间的竞争，会伴随有新范围副词的产生和旧有范围副词的消亡。

第三，明清白话小说中还存在有范围副词并用现象。不少古代就已经形成的范围副词并用到这一时期依然保留，只是在使用的频率上已经大大降低。这也证明了语言的渐变性，所有的语言现象不会突然的出现或消失。另在这些范围副词并用中我们发现"X＋皆"的使用频率总是高于"皆＋X"，表相同义组合的"X＋皆"比"X＋都"后面所接的成分要复杂一些，这些都与范围副词"皆"的特点分不开。它是最古老的表总括范围副词之一组合能力强，具有文言色彩，后面可以接动词或动词词组、形容或形容词词组和名词或名词词组。

第四，这一时期范围副词不同次类之间以及范围副词与其他副词之间都存在连用现象，但是连用的顺序并不都是严格按辖域大小的顺序来排的，存在部分非常态的情况，而这种非常态顺序的存在正是汉语自身特色的表现。

附　　录

一　明清白话小说范围副词表

副词	类型	结构形式	形成时期
咸	表总括	单纯词	上古
统	表总括	单纯词	上古
通₁	表总括	单纯词	中古
均	表总括	单纯词	上古
备	表总括	单纯词	上古
坌	表总括	单纯词	上古
毕	表总括	单纯词	上古
遍	表总括	单纯词	上古
博	表总括	单纯词	上古
但₁	表总括	单纯词	中古
共₁	表总括	单纯词	上古
凡₁	表总括	单纯词	上古
尽	表总括	单纯词	上古
具	表总括	单纯词	上古
俱	表总括	单纯词	上古
全	表总括	单纯词	上古
总₁	表总括	单纯词	中古
满	表总括	单纯词	近代
并	表总括	单纯词	中古
都	表总括	单纯词	中古

续表

副词	类型	结构形式	形成时期
多	表总括	单纯词	中古
浑	表总括	单纯词	近代
皆	表总括	单纯词	上古
专₁	表总括	单纯词	上古
侪（方言）	表总括	单纯词	近代
净₁	表总括	单纯词	中古
但凡	表总括	复合式合成词	中古
全都	表总括	复合式合成词	近代
尽都	表总括	复合式合成词	中古
尽皆	表总括	复合式合成词	中古
举凡	表总括	复合式合成词	近代
一概	表总括	复合式合成词	近代
比比	表总括	复合式合成词	中古
光光₁	表总括	复合式合成词	近代
处处	表总括	复合式合成词	中古
在在	表总括	复合式合成词	中古
通通	表总括	复合式合成词	近代
统统	表总括	复合式合成词	近代
遍地	表总括	复合式合成词	中古
大凡	表总括	复合式合成词	中古
到处	表总括	复合式合成词	中古
满处	表总括	复合式合成词	近代
并乃	表总括	复合式合成词	近代
是凡（方言）	表总括	复合式合成词	近代
悉数	表总括	复合式合成词	近代
一塌刮子	表总括	复合式合成词	近代
一总₁	表总括	复合式合成词	近代
一划	表总括	复合式合成词	近代
尽情	表总括	复合式合成词	近代
尽数	表总括	复合式合成词	近代

副词	类型	结构形式	形成时期
无不	表总括	复合式合成词	近代
无非	表总括	复合式合成词	近代
都则	表总括	附加式合成词	近代
都自	表总括	附加式合成词	近代
尽行	表总括	附加式合成词	近代
俱行	表总括	附加式合成词	近代
全然	表总括	附加式合成词	中古
总来$_1$	表总括	附加式合成词	近代
凡是	表总括	附加式合成词	近代
专$_2$	表限定	单纯词	上古
唯	表限定	单纯词	上古
惟	表限定	单纯词	上古
维	表限定	单纯词	上古
特	表限定	单纯词	上古
半	表限定	单纯词	上古
徒	表限定	单纯词	上古
别	表限定	单纯词	上古
啻	表限定	单纯词	上古
但$_2$	表限定	单纯词	上古
独	表限定	单纯词	上古
各	表限定	单纯词	上古
仅	表限定	单纯词	上古
只	表限定	单纯词	中古
另	表限定	单纯词	中古
偏	表限定	单纯词	中古
空	表限定	单纯词	中古
才	表限定	单纯词	中古
单	表限定	单纯词	中古
还	表限定	单纯词	中古
光	表限定	单纯词	近代

副词	类型	结构形式	形成时期
刚	表限定	单纯词	近代
净₂	表限定	单纯词	近代
就	表限定	单纯词	近代
止	表限定	单纯词	上古
大都	表限定	复合式合成词	中古
大多	表限定	复合式合成词	近代
单独	表限定	复合式合成词	中古
多半	表限定	复合式合成词	近代
仅只	表限定	复合式合成词	近代
唯独（惟独）	表限定	复合式合成词	中古
光光₂	表限定	复合式合成词	近代
偏偏	表限定	复合式合成词	近代
单单	表限定	复合式合成词	近代
独独	表限定	复合式合成词	中古
刚刚	表限定	复合式合成词	近代
仅仅	表限定	复合式合成词	近代
不光	表限定	复合式合成词	近代
不仅	表限定	复合式合成词	近代
不止	表限定	复合式合成词	中古
大半	表限定	复合式合成词	中古
大抵	表限定	复合式合成词	中古
另外	表限定	复合式合成词	近代
不过	表限定	复合式合成词	中古
只自	表限定	附加式合成词	近代
无过	表限定	复合式合成词	中古
寡寡（方言）	表限定	复合式合成词	近代
偏生（方言）	表限定	复合式合成词	近代
只顾	表限定	附加式合成词	近代
只个	表限定	附加式合成词	近代
亦	表类同	单纯词	上古

副词	类型	结构形式	形成时期
也	表类同	单纯词	中古
也自	表类同	附加式合成词	中古
通₂	表统计	单纯词	
凡₂	表统计	单纯词	上古
共₂	表统计	单纯词	近代
总₂	表统计	单纯词	近代
通共	表统计	复合式合成词	近代
总共	表统计	复合式合成词	近代
拢总	表统计	复合式合成词	近代
拢共	表统计	复合式合成词	近代
合共	表统计	复合式合成词	近代
统共	表统计	复合式合成词	近代
一共	表统计	复合式合成词	近代
一总₂	表统计	复合式合成词	近代
都来	表统计	附加式合成词	近代
总来₂	表统计	附加式合成词	近代

二　范围副词内部同次类并用例表:

备悉　比比皆　比比都　遍地都　遍地皆　遍地俱　并共 并皆　并悉　处处皆　处处都　处处俱　俱处处　悉都　都皆 都全　都尽　都尽数　共皆　尽俱　都尽行　都尽数　一概都 一概全都　各都　皆各　各皆　皆俱　俱皆　尽皆都　俱各　俱 都　俱总　率皆　统统都　悉皆　皆悉　悉具　俱悉　咸皆　咸 悉　咸共　单只　只单　单单只　只单单　仅仅只　唯只　惟只 只徒　只不过　只专　止不过　不光止　也亦　共总

参考文献

一 著作

［美］Adele E. Goldberg：《构式：论元结构的构式语法研究》，吴海波译，北京大学出版社 2007 年版。

白维国：《白话小说语言词典》，商务印书馆 2011 年版。

白维国：《金瓶梅词典》，中华书局 1991 年版。

北京大学中文系 1955、1957 级语言班编：《汉语虚词例释》，商务印书馆 1982 年版。

蔡镜浩：《魏晋南北朝词语例释》，江苏古籍出版社 1990 年版。

陈承泽：《国文法草创》，商务印书馆 1922/1982 年版。

陈梦家：《殷墟卜辞综述》，中华书局 1988 年版。

褚半农：《〈金瓶梅〉中的上海方言研究》，上海古籍出版社 2005 年版。

丁声树等：《现代汉语语法讲话》，商务印书馆 1991 年版。

董秀芳：《词汇化：汉语双音节词的衍生和发展》，四川民族出版社 2002 年版。

董志翘、蔡镜浩：《中古虚词语法释》，吉林教育出版社 1994 年版。

（清）段玉裁：《说文解字注》，中州古籍出版社 2006 年版。

冯春田：《近代汉语语法研究》，山东教育出版社 2000 年版。

冯胜利：《汉语的韵律、词法与句法》，北京大学出版社 1997

年版。

高名凯:《汉语语法论》,开明书店 1945/1985 年版。

高育花:《中古汉语副词研究》,黄山书社 2007 年版。

葛佳才:《东汉副词系统研究》,岳麓书社 2005 年版。

《古本小说集成》,上海古籍出版社 1991 年版。

管燮初:《殷墟甲骨刻辞的语法研究》,中国科学院 1953 年版。

郭绍虞:《汉语语法修辞新探》,商务印书馆 1979 年版。

郭锡良:《汉字古音手册》,北京大学出版社 1986 年版。

郭在贻:《郭在贻文集》,中华书局 2002 年版。

何乐士:《古汉语语法研究论文集》,商务印书馆 2000 年版。

吴福祥:《汉语语法化研究》,商务印书馆 2005 年版。

侯学超:《现代汉语虚词词典》,北京大学出版社 1998 年版。

胡裕树:《现代汉语(增订本)》,上海教育出版社 1981 年版。

黄伯荣、廖序东:《现代汉语(第 3 版)》,高等教育出版社 2002 年版。

黄伯荣主编:《汉语方言语法类编》,青岛出版社 1996 年版。

《缀玉集》,北京大学出版社 1990 年版。

江蓝生:《近代汉语探源》,商务印书馆 2000 年版。

蒋冀骋、吴福祥:《近代汉语纲要》,湖南教育出版社 1997 年版。

蒋礼鸿:《敦煌变文字义通释(第四次增订本)》,上海古籍出版社 1988 年版。

蒋绍愚:《近代汉语研究概况》,北京大学出版社 1994 年版。

黎锦熙:《新著国语文法》,商务印书馆 1924 年版、1992 年版。

胡明扬主编:《词类问题考察》,北京语言学院出版社 1996 年版。

李泉:《汉语语法考察与分析》,北京语言大学出版社 2001 年版。

李荣主编:《现代汉语方言大词典》,江苏教育出版社 2002 年版。

李曦:《殷墟卜辞语法》,陕西师范大学出版社 2004 年版。

李宗江：《汉语常用词演变研究》，汉语大词典出版社 1999 年版。

刘淇：《助字变略》，中华书局 2004 年版。

刘月华等主编：《实用现代汉语语法（增订本）》，商务印书馆 2004 年版。

柳士镇：《魏晋南北朝历史语法》，南京大学出版社 1992 年版。

陆俭明、马真：《现代汉语虚词散论》，语文出版社 1999 年版。

吕叔湘：《汉语语法分析问题》，商务印书馆 1979 年版。

吕叔湘：《现代汉语八百词（增订本）》，商务印书馆 1982 年版。

吕叔湘：《中国文法要略》，商务印书馆 1956 年版、1982 年版。

吕叔湘、王海棻编《〈马氏文通〉读本》，上海教育出版社 2001 年版。

马建忠：《马氏文通》，商务印书馆 1983 年版。

马真：《现代汉语虚词研究方法》，商务印书馆 2004 年版。

裴学海：《古书虚字集释》，中华书局 2004 年版。

邵敬敏：《汉语语法的立体研究》，商务印书馆 2000 年版。

沈家煊：《不对称和标记论》，江西教育出版社 1999 年版。

沈培：《殷墟甲骨卜辞语序研究》，台湾文津出版社 1992 年版。

石汝杰、宫田一郎：《明清吴语词典》，上海辞书出版社 2005 年版。

石毓智：《语法的认知语义基础》，江西教育出版社 2000 年版。

史金生：《现代汉语副词连用顺序和同现研究》，商务印书馆 2011 年版。

宋本广韵：《永禄本韵镜》，江苏教育出版社 2005 年版。

［瑞士］索绪尔著：《普通语言学教程》，高明凯译，商务印书馆 2007 年版。

唐贤清：《〈朱子语类〉副词研究》，湖南人民出版社 2004 年版。

王力：《汉语史稿（修订本）》，中华书局 1980 年版。

王力：《汉语语法纲要》，新知识出版社 1957 年版。

王力：《中国现代语法》，商务印书馆 1943、1985 年版。

王叔岷：《古籍虚词广义》，中华书局 2007 年版。

王云路、方一新：《中古汉语语词例释》，吉林教育出版社 1992
　　年版。

向熹：《简明汉语史》，高等教育出版社 1993 年版。

邢公畹、马庆株：《现代汉语教程》，南开大学出版社 1994 年版。

徐时仪：《汉语白话发展史》，北京大学出版社 2007 年版。

许宝华、［日］宫田一郎主编：《汉语方言大词典》，中华书局
　　1999 年版。

许慎：《说文解字》，中华书局 2003 年版。

杨伯峻、何乐士：《古代汉语语法及其发展》，语文出版社 2001
　　年版。

杨逢彬：《殷墟甲骨刻辞词类研究》，花城出版社 2003 年版。

杨荣祥：《近代汉语副词研究》，商务印书馆 2007 年版。

杨树达：《词诠》，中华书局 2005 年版。

杨树达：《高等国文法》，商务印书馆 1930、1984 年版。

杨亦鸣：《论副词的语用分类》，Joural of Chinese Language and
　　Computing，2003（1）。

于省吾：《泽螺居诗经新证》，中华书局 1982 年版。

俞光中、植田均：《近代汉语语法研究》，学林出版社 1999 年版。

《语言学论丛》（第二十六辑），商务印书馆 2002 年版。

张斌：《汉语语法学》，上海教育出版社 1998 年版。

张斌：《现代汉语》，中央广播电视大学出版社 1983 年版。

张斌：《现代汉语虚词词典》，商务印书馆 2001 年版。

张伯江、方梅：《汉语功能语法研究》，江西教育出版社 1996
　　年版。

张静：《新编现代汉语》，上海教育出版社 1980 年版。

张清吉：《醒世姻缘传新考》，中州古籍出版社 1991 年版。

张亚军：《副词与限定描述功能》，安徽教育出版社 2002 年版。

张玉金：《甲骨文虚词词典》，中华书局 1994 年版。

张玉萍：《近代汉语研究索引》，巴蜀书社 2009 年版。

张振羽：《〈三言〉副词研究》，湖南师范大学出版社 2012 年版。

张志公：《汉语知识》，人教社 1959、1979 年版。

赵诚：《古代文字音韵论文集》，中华书局 1991 年版。

赵元任：《汉语口语语法》，商务印书馆 1979 年版。

中国社会科学院语言研究所词典编辑室：《现代汉语词典》（第五版），商务印书馆 2006 年版。

中国社会科学院语言研究所古代汉语研究室：《古代汉语虚词词典》，商务印书馆 1999 年版。

周秉钧：《古汉语纲要》，湖南教育出版社 1981 年版。

朱德熙：《语法讲义》，商务印书馆 1982 年版。

［日］太田辰夫著：《中国语历史文法》，蒋绍愚、徐昌华译，北京大学出版社 1987 年版。

［日］香坂顺一：《白话语词汇研究》，江蓝生、白维国译，中华书局 1997 年版。

［日］香坂顺一：《水浒词汇研究（虚词部分）》，植田均译，李思明校，文津出版社 1992 年版。

［日］志村良治：《中国中世语法史研究》，江蓝生、白维国译，中华书局 1995 年版。

Jespersen. *The Philosophy of Grammar*. London：George Allen & Unwin. 1924.

二　期刊

车淑娅：《"都"类单音节总括范围副词历时发展研究》，《山西师大学报》2009 年第 1 期。

邓根芹：《限定副词"仅"的句法、语义分析》，《韶关学院学报》（社会科学版）2006 年第 11 期。

邓慧爱：《范围副词语义对立现象探索》，《中南大学学报》（社会科学版）2013 年第 2 期。

方清明：《现代汉语副词连用频率考察》，《汉语学报》2012 年第 3 期。

郭在贻：《〈游仙窟〉释词》，《杭州大学学报》（哲学社会科学版）1981 年第 4 期。

傅雨贤：《副词在句中的位置分布》，《汉语学习》1983 年第 3 期。

［日］古川裕：《副词修饰"是"字情况考察》，《中国语文》1989 年第 1 期。

蒋绍愚：《从"反训"看古汉语词汇的研究》，《语文导报》1985 年第（7）（8）期。

蒋绍愚：《抽象原则和临摹原则在汉语语法中的体现》，《古汉语研究》1999 年第 4 期。

金颖：《副词"无非"的形成和发展》，《古汉语研究》2009 年第 1 期。

赖先刚：《副词的连用问题》，《汉语学习》1994 年第 2 期。

李昊：《〈焦氏易林〉中的"徒自、还自"及其副词词尾"自"的演变》，《成都大学学报》2005 年第 2 期。

李泉：《从分布上看副词的再分类》，《语言研究》2002 年第 2 期。

李运熹：《范围副词的分类及语义指向》，《宁波师院学报》（社会科学版）1993 年第 2 期。

刘丹青：《语法化理论与汉语方言语法研究》，《方言》2009 年第 2 期。

刘坚、曹广顺、吴福祥：《论诱发汉语词汇语法化的若干因素》，《中国语文》1995 年第 3 期。

刘利：《"不过"的词汇化问题补议》，《陕西师范大学学报》（哲学社会科学版）2004 年第 5 期。

刘利：《先秦汉语的复音副词"不过"》，《中国语文》1997 年第 1 期。

陆俭明：《现代汉语副词独用刍议》，《语言教学与研究》1982 年第 2 期。

孟迎俊：《释"各"》，《绥化学院学报》2009 年第 5 期。

钱兢：《现代汉语范围副词连用》，《汉语学习》2005 年第 2 期。

沈家煊：《副词和连词的元语用法》，《对外汉语研究》2009 年第 00 期。

沈家煊：《实词虚化的机制——〈演化而来的语法〉评介》，《当代语言学》1998 年第 3 期。

沈家煊：《说"不过"》，《清华大学学报》（哲学社会科学版）2004 年第 5 期。

沈家煊：《"语法化"研究综观》，《外语教学与研究》1994 年第 4 期。

沈家煊：《语言的"主观性"和"主观化"》，《外语教学与研究》2001 年第 4 期。

沈家煊：《"语用否定"考察》，《中国语文》1993 年第 5 期。

唐贤清：《从"真个 + 体词"看近代汉语副体结构的类型及存在原因》，《常德师范学院学报》（社会科学版）2003 年第

3 期。

唐贤清：《"真个"构成的副体结构的语义表达功能》，《长沙电力学院学报》（社会科学版）2003 年第 3 期。

唐贤清：《〈朱子语类〉重叠式副词的语义、语法分析》，《湖南大学学报》（社会科学版）2003 年第 5 期。

王红：《副词"净"浅析》，《暨南学报》（社会科学版）2000 年第 1 期。

王健：《"全""都"和"全都"》，《殷都学刊》2008 年第 3 期。

王霞：《转折连词"不过"的来源及语法化过程》，《河北师范大学学报》（哲学社会科学版）2003 年第 3 期。

肖奚强：《范围副词的再分类及其句法语义分析》，《安徽师范大学学报》2003 年第 5 期。

徐山：《论本义域》，《古汉语研究》1994 年第 2 期。

尹洪波：《否定词与范围副词共现的语义分析》，《汉语学报》2011 年第 1 期。

曾检红：《"只得"的语法化历程》，《现代语文》（语言研究版）2010 年第 11 期。

张惠英：《〈金瓶梅〉用的是山东话吗》，《中国语文》1985 年第 4 期。

张谊生：《范围副词"都"的选择限制》，《中国语文》2003 年第 5 期。

张谊生：《"副词＋是"的历时演化和共时异变》，《语言科学》2003 年第 5 期。

张谊生：《副词的连用类别和共现顺序》，《烟台大学学报》1996 年第 2 期。

张谊生：《副词的重叠形式与基础形式》，《世界汉语教学》1997 年第 4 期张谊生：《副名结构新探》，《徐州师范学院学报》1990年第3期。

张谊生：《名词的语义基础及功能转化与副词修饰名词（续）》，《语言教学与研究》1997年第1期。

张谊生：《名词的语义基础及功能转化与副词修饰名词》，《语言教学与研究》1996年第4期。

赵彦春：《副词位置变化与相关的句法—语义问题》，《汉语学习》2001年第6期。

三 论文

陈丽：《汉语转折范畴的历时研究》，博士学位论文，湖南师范大学，2012年。

栗学英：《中古汉语副词研究》，博士学位论文，南京师范大学，2011年。

乔玉雪：《"祇""止""只"的历史替换及相关问题研究》，硕士学位论文，河南大学，2004年。

王群：《明清山东方言副词研究》，博士学位论文，山东大学，2006年。

王岩：《"不过"试析》，硕士学位论文，上海师范大学，2008年。

武振玉：《两周金文词类研究》，博士学位论文，吉林大学，2006年。

尹洪波：《否定词与副词共现的句法语义研究》，博士学位论文，中国社会科学研究生院，2008年。

引用书目

《水浒传》，人民文学出版社 1979 年版。

《三国演义》，人民文学出版社 1973 年版。

《三遂平妖传》，上海古籍出版社 1994 年版。

《粉妆楼》，中州古籍出版社 1994 年版。

《醒世恒言》，人民文学出版社 1956 年版。

《警世通言》，人民文学出版社 1956 年版。

《喻世明言》，人民文学出版社 1956 年版。

《三遂平妖传》，上海古籍出版社 1981 年版。

《石点头》，上海古籍出版社 1991 年版。

《于少保萃忠全传》，人民文学出版社 2006 年版。

《英烈传》，上海古籍出版社 1981 年版。

《续英烈传》，上海古籍出版社 1991 年版。

《混唐后传》，上海古籍出版社 1991 年版。

《古今律条公案》，中国文联出版社 2004 年版。

《花阵绮言》，上海古籍出版社 1991 年版。

《春秋列国志传》，上海古籍出版社 1991 年版。

《北游记》，上海古籍出版社 1991 年版。

《封神演义》，上海古籍出版社 2011 年版。

《大宋中兴通俗演义》，中国文史出版社 2003 年版。

《三教偶拈》，上海古籍出版社 1991 年版。

《鼓掌绝尘》，时代文艺出版社 2003 年版。

《包公案之百家公案》，上海古籍出版社 1991 年版。

《引凤箫》，上海古籍出版社 1991 年版。

《鼎镌国朝名公神断详刑公案》，上海古籍出版社 1991 年版。

《隋史遗文》，人民文学出版社 1999 年版。

《东西晋演义》，上海古籍出版社 1991 年版。

《警世阴阳梦》，上海古籍出版社 1991 年版。

《西游记》，人民文学出版社 1980 年版。

《后西游记》，书海出版社 1999 年版。

《续西游记》，齐鲁书社，2006 年版。

《前七国志之孙庞演义》，上海古籍出版社 1991 年版。

《两汉开国中兴传志》，上海古籍出版社 1991 年版。

《贪欣误》，太白文艺出版社 2006 年版。

《七十二朝人物演义》，上海古籍出版社 1991 年版。

《醋葫芦》，太白文艺出版社 2006 年版。

《天妃娘妈传》，上海古籍出版社 1991 年版。

《盘古至唐虞传》，上海古籍出版社 1991 年版。

《禅真逸史》，齐鲁书社，2008 年版。

《东度记》，华夏出版社 1995 年版。

《谐佳丽》，上海古籍出版社 1991 年版。

《唐钟馗全传》，上海古籍出版社 1991 年版。

《廿四尊得道罗汉传》，上海古籍出版社 1991 年版。

《钟情丽集》，上海古籍出版社 1991 年版。

《皇明诏令》，上海古籍出版社 1991 年版。

《济颠大师醉菩提全传》，上海古籍出版社 1991 年版。

《清平山堂话本》，中华书局 2012 年版。

《飞剑记》，上海古籍出版社 1991 年版。

《唐三藏西游厄释传》，上海古籍出版社 1991 年版。

《东游记》，上海古籍出版社 1991 年版。

《金瓶梅》，人民文学出版社 2008 年版。

《三宝太监西洋记》，华夏出版社 1995 年版。

《后三国石珠演义》，上海古籍出版社 1991 年版。

《韩湘子全传》，上海古籍出版社 1991 年版。

《初刻拍案惊奇》，岳麓书社 2006 年版。

《二刻拍案惊奇》，岳麓书社 2006 年版。

《型世言》，齐鲁书社 2008 年版。

《西湖二集》，上海古籍出版社 1991 年版。

《隋炀帝艳史》，上海古籍出版社 1991 年版。

《辽海丹忠录》，上海古籍出版社 1991 年版。

《归莲梦》，太白文艺出版社 2006 年版。

《残唐五代史演义》，中州古籍出版社 1997 年版。

《梼杌闲评》，齐鲁书社，2008 年版。

《醒名花》，上海古籍出版社 1991 年版。

《豆棚闲话》，人民文学出版社 1999 年版。

《杜骗新书》，山西古籍出版社 2003 年版。

《西游补》，华夏出版社 1995 年版。

《人间乐》，中国经济出版社 2011 年版。

《醒风流》，上海古籍出版社 1991 年版。

《禅真后史》，太白文艺出版社 2006 年版。

《海刚峰先生居官公案传》，上海古籍出版社 1991 年版。

《醉醒石》，上海古籍出版社 1991 年版。

《平山冷燕》，人民文学出版社 1983 年版。

《醒世姻缘传》，岳麓书社 2004 年版。

《生花梦》，上海古籍出版社 1991 年版。

《闪电窗》，上海古籍出版社 1991 年版。

《白圭志》，中国经济出版社 2011 年版。

《巧联珠》，上海古籍出版社 1991 年版。

《台湾外记》，上海古籍出版社 1991 年版。

《灯月缘》，上海古籍出版社 1991 年版。

《古本小说集成》，上海古籍出版社 1991 年版。

《十三经注疏》，北京大学出版社 1999 年版。

后　记

　　本书是在本人博士论文的基础上修改所得。进入"后记"的写作，我又一次回到在湖南师范大学求学六年的点滴时光，有欢笑、有泪水、有彷徨……

　　还记得从工作岗位重返校园读硕士时，多年的求学梦想得以实现的那份欣喜，同时又觉得今后的求学路"道阻且长"压力倍增。进入湘南学院从事教师工作后教学实践让我深入体会了科学研究的必要性，因此我又一次修改了自己的博士论文。完成此次修改，看着自己的论文，心中更多涌现的情感是感谢。

　　首先要感谢我的恩师唐贤清老师，先生博学多才，眼光独到。他的博学、严谨、豁达让我深深折服。我的论文从选题、写作到最终完成都得益于唐老师的精心指导，老师对文章的结构、内容和语句，以及文字等都做了细致、耐心地修改，并提出了宝贵的意见。论文写作过程中我有任何的疑问，他总能帮我打开思路，答疑解惑。

　　导师不仅在学术上给予了我最重要的指导，更在做人方面以身垂范、言传身教，足令我终身受益。

　　感谢李维琦教授、陈蒲清教授、陈建初教授、郑贤章教授、蔡梦麒教授在本人博士论文开题报告和预答辩会上对论文修改所提的宝贵意见。感谢古代汉语教研室的各位老师，感谢他们对我的教诲和帮助，六年的求学收获将让我受益一生。师恩浩荡，莫齿难忘。

感谢在学习和生活中帮助和支持我的同窗和朋友们。有你们，我的六年学生生活才过得如此丰富多彩。

感谢我的父母和家人，因为有他们的支持我才能按时完成学业。特别谢谢我的妈妈，身体并不很好的她，帮我照顾家里的两个孩子，让我有充足的时间完成和修改论文。曾有人对我说"你的幸福有多少，你的父母付出就有多少"，是他们用爱为我的求学之路保驾护航。感谢我的女儿和儿子，他们的到来带给我无限的惊喜和欢乐，求学路上他们是我前进的动力。

最后，感谢编辑张玥付出的辛勤劳动。

书稿肯定还有很多可以改进的地方，在今后的研究学习中，我还会不断地对论文进一步完善。"路漫漫其修远兮，吾将上下而求索"！

邓慧爱

2022 年 4 月 30 日